KB193666

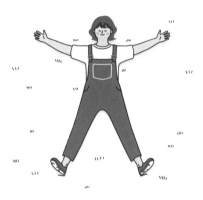

애쓰지 않고

편안하게

더 나답게 살기 위한
인간관계 처방전

김수현 글·그림

균형을 찾기로 했습니다

사실 내게 인간관계는 큰 고민거리가 아니었다.
다른 고민들이 내 삶에 꽉 차 있었을 뿐 아니라,
관계에 꽤 자신이 있었다.
그건 진솔한 관계를 맺을 수 있다는 자신이었고,
무리하지 않도록 관계를 조정할 수 있다는 자신이었다.
하지만 뒤늦게 그 자신이 깨지기 시작했다.

내가 완벽하게 신뢰했던 관계를
상대는 전혀 다르게 여기고 있었고,
새로 시작한 연애는 마음을 잘 다루는 줄 알았던
나의 옹졸한 실체를 고스란히 보여주었다.
내가 뭘 잘못한 걸까? 내가 뭘 놓친 걸까?
나는 이 문제를 하루빨리 해결하고,
관계에 확신에 차 있던 상태로 돌아가고 싶었다.
하지만 그럴수록 관계가 점점 어려워졌다.

그러다 깨달은 건

'관계를 자신한 것' 그 자체가 문제였다는 사실이었다.

상대가 감춘 속마음을 알 수는 없고,

내겐 일상적인 행동이 누군가에겐 무례일 수 있었다.

게다가 나는 흠 없는 인격을 가지지도 못했다.

그걸 인정한다는 건 불편하고 슬픈 일이었다.

하지만 인간관계에 자신할 수 있는 사람은 없다.

나 역시 관계에 대한 자신이 사라지고 나서야

상대의 마음을 더 주의 깊게 물을 수 있었고

내 행동을 찬찬히 돌아볼 수 있었고,

상대에게도 조금 더 관대할 수 있었다.

나는 관계에 대한 자신을 되찾는 대신

자신할 수 없다는 사실을 인정하기로 했다.

그러려면 그 불완전함을 안고 살아가기 위해 균형을 찾아야 했다.

나와 관계 사이의 균형,

신뢰와 불신 사이의 균형,

경계와 허용치 사이의 균형,

혼자의 외로움과 관계의 괴로움 사이의 균형.

수많은 순간에 무너지지 않고 균형을 찾기 위하여

조금 더 유연해지고, 조금 더 단단해져야 했다.

이건 관계에 관한 책이자, 균형에 관한 책이다.

마음과 관계에 대해 배우며

어떻게 관계를 맺고, 마음을 표현하고, 상대를 사랑해야 하는지

오랜 고민의 결과를 담았다.

나는 여전히 관계에 자신은 없지만,

조금 덜 애쓰게 되었고, 조금 더 편안해졌다.

타인의 판단과 평가에 상처 입었던 당신에게 평화가 있기를.

조금 더 나답게 관계 맺을 수 있기를.

삶의 가장 중요한 것을 잃지 않기 위하여.

차례

1장

휘둘리지 않고 단단하게

자존감을 지킨다는 것

2장

애쓰지 않고 편안하게
나답게 산다는 것

3장

신경질 내지 않고 정중하게

타인과 함께한다는 것

4장

쫄지 말고 씩씩하게

당당하게 산다는 것

5장 참지 말고 원활하게

마음을 언어로 표현한다는 것

6장

냉담해지지 말고 다정하게

사랑을 배운다는 것

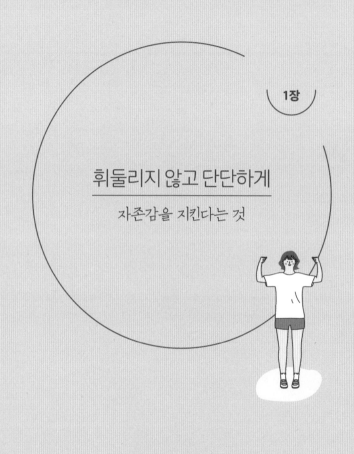

1장

휘둘리지 않고 단단하게

자존감을 지킨다는 것

예쁘지 않으면 어떤가.
특별하지 않으면 어떤가.

당신은 당신 자체로 온전하며,
우리 삶은 여전히 소중하다.

행복도 인증이 되나요?

요즘 힙하다는 음식점에 갔다.
칼로 가르면 계란이 흐르는 신기한 오믈렛이었는데,
직원이 영상 찍을 타이밍을 친절하게 알려주었다.
재미있으면서도 요즘 음식은
단지 먹기 위한 것만은 아니구나 싶었다.

생각해보면 힙한 것들에는
사진 찍기 좋다는 공통점이 있다.
공유와 인증을 위한 좋아 보이는 음식,
좋아 보이는 인맥, 좋아 보이는 모습.
좋은 것보다 중요한 건, 좋아 보이는 것.
그 모습들은 마치 행복의 증거처럼 SNS에 채워지고,
다른 사람의 모습과 나를 비교하며 서글퍼지다가도
나 역시 좋아 보이려 애쓰게 된다.

그런데 말이다.

어떤 음식점의 음식은 좋아 보였지만, 맛은 없었다.

어떤 관계는 좋아 보였지만, 마음을 나누지는 못했으며

어떤 표정은 좋아 보였지만, 사실 마음은 고단하기만 했다.

좋아 보이는 건 쉽지만 진짜 좋은 건 별개의 문제이고,

좋아 보이는 사진 속 모습이 행복을 인증하지는 못한다.

물론, 일상의 순간들을

공유하고 기록하고 싶은 마음이야 문제가 없다.

하지만 사진만 찍다가

정작 카메라 렌즈 너머의 삶을 바라보지 못한다면,

보정되지 않은 일상에서 초라함을 느낀다면

그건 좀 서글프지 않을까.

우리는 지금까지 행복을 인증하기 위해

너무 많은 마음과 시간을 낭비했던 건 아닐까.

남들에게 좋아 보이는 것보다 중요한 건,

나에게 좋은 것, 내 마음에 좋은 것 아닐까.

연출된 행복을 좇는 대신,

소박해도 내 입맛에 맞는 음식과

초라해도 편안하게 쉴 수 있는 공간과
소소해도 진심을 나눌 수 있는 관계와
평범해도 진짜 행복한 순간을 만나야 한다.

남들에게 좋아 보이지 않아도 괜찮다.
관람객보다
당신이 더 중요하다.

+

사람의 가치는
그 사람이 중요하게 여기는 것이
무엇인지에 따라 결정된다.

사람의 마음은
그렇게 쉽게 보이지 않아요.

재미있지 않아도
괜찮습니다

나는 꽤 활달한 사람임에도 새로운 집단에 가면 낯을 가리곤 했다.
첫 만남에서 낯을 가리면 실제 내 모습과는 달리
사람들은 나를 말이 없고, 얌전한 사람이라 여겼고,
모임에서 계속 그 이미지를 유지해야 할 것 같아
여간 불편한 일이 아니었다.
부단한 노력의 결과로 지금은 그렇지 않은데
낯가리는 걸로 고민하는 사람들에게 비결을 전수하자면
의식적으로 긴장하지 않은 척하는 거다.

처음 만나는 상황을 떠올리며 인사하는 연습을 했고,
낯선 자리에 가기 전에는
긴장을 풀고 당당하게 행동하자고 다짐도 했다.
긴장하지 않은 척 연습하다 보니 점점 그 모습이 자연스러워졌고
낯가림을 고칠 수 있었다. (짜잔)

그런데 어떤 이가 말하길, 자신이 그렇게 해봤더니
주변에서 억지로 밝은 것처럼 연기하는 것 같아서
불편하다고 말했다고 한다.
어떤 게 달랐던 걸까.

낯을 가린다는 건, 낯선 상황에 움츠러들고 긴장되어서
자신의 본모습을 보여주지 못하는 거다.
그렇기에 발표나 면접을 연습하다 보면 실력이 좋아지는 것처럼
긴장을 푸는 사회화 훈련으로 개선할 수 있다.
하지만 원래 조용하고 차분한 사람이 억지로 밝은 척하면
다른 모습으로 자신을 위장하는 일이라,
아무리 메소드 연기를 한다 한들
나도 상대도 불편해진다.

나 역시도 대중 앞에서 처음 강연을 하게 됐을 때
어떻게 해야 하나 고민하다가 스타 강사들의 강연을 봤다.
너무 재미있고 유쾌해서 '아, 나도 저렇게 해야 하는구나' 싶었다.
그런데 내가 억지로 재미있게 하려고 하니,
자연스럽지가 않고 어딘가 어색했다.
그러다 우연히 다른 작가님의 강연을 듣게 됐는데,

시종일관 진지했고, 웃음이 날 이야기는 전혀 없었지만
많은 관객에게 잔잔한 울림을 주고 있었다.
그때 깨달았다.
'아, 모든 강연자가 웃길 필요는 없구나.'
'누구도 내 강연에서 웃음을 기대하지는 않겠구나.'

생각해보면 복학생 선배가 남발하는 유행어에 얼마나 난처했던가.
급식체를 시전하는 부장님의 모습에 얼마나 당황했던가.
그 뒤로는 억지로 애쓰지 않고,
위로와 공감이 될 수 있는 이야기를 최선을 다해 전하며
나만의 방식을 찾아갔다.
그러자 훨씬 편안하고 자연스러운 강연이 되었고,
분위기도 더 좋아졌다.

우리는 종종 유쾌하고 재미있는 사람이 되고 싶다고 생각하지만,
누군가를 사랑하는 이유가 꼭 유쾌함이나 재미만은 아니다.
누군가는 따뜻한 위로를 전하고,
누군가는 잘 들어주고,
누군가는 즐겁게 웃으며,
누군가는 한결같이 곁에 있어준다.

다른 사람인 척 애쓰지 않아도
당신을 사랑할 이유는 수없이 많다.
그러니 다른 모습으로 위장하지 말자.
대신 긴장을 풀고, 관계에 진심을 보이며
편안한 나의 모습을 보여줄 수 있어야 한다.
그게 진솔한 관계를 맺는 시작점이다.
당신은, 당신다울 때 가장 사랑스럽다.

당신답게, 편안하게.

남한테
장단 맞추지 말어.

북 치고 장구 치고 니 하고 싶은 대로 치다 보면
그 장단에 맞추고 싶은 사람들이 와서 춤추는 거여.

— 박막례 할머니

로망의 개인적 취향

몇 년 전 어떤 블로그 글을 읽다가
'발리에서 홀로 살아보기'에 대한 로망이 생겼다.
여유롭게 지내며, 명상하고, 글을 쓰며, 자연 속에서 지내는 것.
상상만 해도 평화롭고 아름답지 않은가.
나는 오랜 로망을 실현하고자 2주 일정으로 발리에 갔다.
발리는 생각대로 좋았고 정말 아름다운 곳이었다.
하지만 일주일이 지나자 답답해지기 시작했다.

이건 내가 운전을 못 하는 탓이 컸는데,
대중교통이 발달하지 않은 발리에서
스쿠터를 못 타니 동선이 짧아졌고,
카페에 앉아서 일하다 보면
여기가 발리인지, 집 앞 스타벅스인지 도무지 구분되지 않았다.
혼자서만 지내는 낭만도 점점 청승이 되었다.

바랐던 로망과는 달리
유배지에 온 정약용 선생님의 마음을 느낀 나는
결국 손해를 감수하고 예정보다 일찍 한국으로 돌아왔다.
지금의 나는 함께하는 여행이 더 즐겁고,
약간의 아쉬움이 남는 일정이 가장 좋으며,
일은 집 앞 독서실에서 제일 잘된다.
같은 지하철 칸에서도 '춥다'와 '덥다'는 불만이 같이 나오듯,
모두에게 맞는 답은 없다.

누군가는 긴 여행에서 여유를 느끼지만
누군가는 짧은 여행에서 설렘을 느끼고,
누군가는 회사 밖에서 떨림을 느끼지만
누군가는 회사 안에서 안정감을 느끼며,
누군가는 타인과 함께하는 순간에 활력을 느끼지만,
누군가는 혼자일 때 마음의 평화를 느낀다.

여행을 할 때, 인간관계를 맺을 때, 그리고 삶을 살아갈 때
행복에 이르는 방식은 저마다 다른 것이다.

그렇기에 중요한 건,
경험을 통해 나에게 맞는 삶의 방식을 발견하는 일이다.
누군가의 로망과 누군가의 기쁨을 흉내 내는 게 아닌
나의 로망과 나의 기쁨을 알아가자.

그게 우리가 조금 더,
나답게 행복해지는 법이다.

+

세상에서 가장 좋은 것은
자기다워지는 길을 아는 것이다.
_미셸 드 몽테뉴

헤이터의 기본값

얼마 전에 친구와 영화를 봤다.

신선하면서도 속도감이 느껴져서 취향 저격을 당했는데

영화가 끝나고 인터넷 반응을 보니,

열에 여덟은 호평이었지만 나머지 둘은 악평이었다.

나는 정말 재미있게 본 터라, 악평이 도무지 공감되지 않아서

'경쟁 영화의 알바는 아닐까' 하는 생각도 했다.

그리고 얼마 후에 다른 영화를 보게 되었는데

너무 지루해서 중간에 뛰쳐나가고 싶었다.

다른 사람들은 어떻게 보았는지 궁금해서 리뷰를 찾아보니

이번에도 열에 여덟은 호평이었고 나머지 둘은 악평이었다.

똑같은 영화를 봐도 사람마다 감상이 다르고

어느 정도의 부정적 평가는 기본값으로 존재한다.

사람도 마찬가지다.

우리는 누구에게도 미움받지 않고 싶다는 바람을 품지만,

아무리 좋은 영화도, 아무리 좋은 식당도, 아무리 좋은 음악도,
모두가 좋아할 수는 없듯이,
아무리 좋은 사람이 되려 애써도
모든 사람이 나를 좋아할 수는 없다.

하지만 그렇다고 너무 슬퍼하진 말자.
누군가가 나를 미워한다 해도 그 사실이 나의 존재를 훼손할 수 없고,
여전히 나에게는 나를 사랑하는 사람들이 있다.
그러니, 우리에게 상처 주는 목소리가 아닌
우리를 사랑하는 이들의 목소리에 귀 기울이자.
그게 그들의 애정에 대한 우리의 보답이다.

+

불가능한 것을 소망한다면
강박증만 남을 뿐이다.

내 기분 맞추기도 어려운데,
네 기분까지 다 맞출 순 없다.

가볍게 넘기기의 기술

'친척들의 명절 잔소리에 어떻게 대처할까요?'라는
질문을 받고 곰곰이 생각해본 적이 있다.
어른들은 왜 명절이면 똑같은 레퍼토리의 잔소리를 하시는 걸까.
내 생각엔 일단 크게 하실 말씀이 없어서인 것 같다.

과거에는 경험에서 얻은 삶의 지혜가 절대적이었기에
요리는 어떻게 하는지, 농사는 어떻게 짓는지, 어떻게 살아야 하는지,
부모 세대는 자식에게 지혜를 전수하는 것으로
집안에서의 역할이 규정됐다.
그런데 이제는 농사를 짓지도 않고,
궁금한 게 있으면 유튜브에서
관련 영상을 바로 찾아보는 세상이 됐다.

세상이 너무 빠르게 변하니
"라떼는 말이야"로 시작하는 대화가

고조선 시대 이야기처럼 들려,

오랜만에 마주 앉아서 어떤 대화를 나눠야 할지 모르겠다.

한마디로 소재 고갈이 심각하다.

그럼에도 부모 세대는 규정된 역할을 수행하려다 보니,

"어서 취업해야지", "어서 결혼해야지", "어서 아기 낳아야지"

같은 이야기를 반복할 수밖에 없지 않겠는가.

그들은 그저 삶의 마디를 알려주려는 거라,

가벼운 인사로 생각하는 편이 좋다.

물론, 이런 말에 기분이 상할 수도, 마음이 힘들 수도 있다.

"취업해서 돈 벌어야지", "결혼해야지",

"아기를 낳아야지", "둘째 가져야지" 등등.

이 모든 잔소리의 가장 큰 문제는,

어려운 걸 너무 쉽게 이야기한다는 거다.

취업이 어려운 거야 모르는 사람이 없을 테고,

그럼 결혼은 쉬운가. 과거에는 삶의 반경도 넓지 않고,

중매혼이 많아 동네 어른들이 나서서

비슷한 또래의 남녀를 맺어주곤 했다.

하지만 개인으로 흩어져 도시 생활을 하는 요즘 이들은

노력하지 않으면 누군가를 만나는 일이 쉽지 않고,
높은 주거비, 양육비, 생활비를 생각하면
결혼 전부터 걱정이 앞선다.
결혼 적령기와 함께 늦어진 출산으로 몸은 더 힘들고,
핵가족 사회에서 육아는 인간의 인격과 인내심을 파괴한다.

부모 세대에서는 주변에서 하라고 하니까 할 수도 있었겠지만,
지금은 하고 싶어도 하기가 쉽지 않고,
난이도 변화를 고려하지 않은 재촉에
그걸 못 하는 내가 부족하게 느껴진다.
그래서 나는 이런 질문에
"취업이 어렵죠", "결혼이 어렵죠"라고 답했다.
열심히 했음에도 잘되지 않는 게 있었으니,
어려운 건 어려워서, 어렵다고 했다.
물론 그 어려운 걸 척척 해내는 부러운 인간들이 존재하지만
그렇지 못한 보통의 내가 그렇게 잘못된 것도 아니지 않나.

물론 가볍게 넘기는 게
도저히 잘 안 된다는 사람도 있다.
만약 그렇다면, 본인이 그동안 주변의 기대를 충족시키려

너무 애쓰지는 않았는지 생각해볼 필요가 있다.
이제는 타인의 기대에
브레이크를 걸어야 하는 순간이다.

그저 가볍게 지나가자.
결정권은 당신에게 있고,
누구도 쉽게 평가할 수 없으며,
당신의 삶은 여전히 당신의 것이다.

+

나이불문.
질문을 해서 꼰대가 되는 게 아니라
답을 강요해서 꼰대가 되는 것이다.

맞는 말이 소용없는 이유

자기 관리를 해야지.

사람들이랑
사이좋게 지내야지.

자존감을 키워야지.

몰라서 안 하는 거
아닌데요.

알아도 안 되는 게 있어요.

아무 말 대잔치에
흔들리지 말 것

회사를 그만두고 책을 준비할 당시, 엄마의 지인이 엄마에게
"수현이 정신 차리고 회사나 다니라고 해"라는 이야기를 했다.
애정 없는 충고에 굉장히 기분이 상했지만,
일단 진지하게 검토해보기로 했다.

하나. 나는 정신을 못 차렸는가?
아니. 당시 나는 지난 몇 년 중 가장 제정신이었다.
회사를 다니지 않을 뿐, 생계도 내 힘으로 책임지고 있었고
어느 때보다 열심히 살고 있었다.
둘. 그 이야기를 따를 이유가 있는가?
글쎄. 유감스럽게도 그분은 내 롤모델이 아니었다.
나는 그분의 삶을 따르고 싶지도 않았고
의견을 구한 적도 없다.

많은 이가 자신과 다른 방식으로 사는 이들을 너무 쉽게 비난하고,
때론 행복하지 않은 사람조차 타인에게 자신의 삶을 강요한다.
그리고 그보다 놀라운 건
우리가 그런 말에 자주 상처받고 흔들린다는 점이다.
타인의 충고를 통해 삶을 돌아보고 성장할 수도 있지만,
충고도 하나의 의견일 뿐, 언제나 진실인 건 아니다.
우리에게는 합리적인 의심과 검증이 필요하다.

그럼 누구의 말을 들을 것인가.
가짜 뉴스와 선동을 감별하기 위해 확인할 것은
언제나 첫째는 근거요, 둘째는 출처다.
충고에 편협한 진실만 담겨 있다면,
근거도, 애정도 없는 참견이라면,
내 삶을 스스로 책임지고 있다면,
흔들리지 않아도 된다.

당신의 삶에 어떤 권위도,
권한도 없는 이에게
심사위원의 자리를 내줄 필요는 없다.

+

현명하지 못한 사람은
자기가 이해할 수 없는 일에 대해서는 무엇이든 헐뜯는다.
_프아수아 드 라 로슈푸코

산은 산이요,
물은 물이로다.

한 귀로 듣고 한 귀로 흘려봅시다.

제 인생은
특별하지 않지만 소중합니다

강연이 끝나고 어떤 독자가 나를 찾아온 적이 있다.
낮은 자존감과 우울증으로 오랫동안 힘들었다는 그녀는
강연을 잘 들었다며 인사를 하고 돌아갔다.
그런데 얼마 후 다시 나에게 오더니, 한 가지 부탁을 했는데
자신의 책에 '충분히 예쁘다'고 적어줄 수 있냐는 거였다.
그녀의 말대로 그녀는 충분히 예뻤고,
그런 말을 해주는 건 전혀 어렵지 않았다.
하지만 내 말의 유효기간이 며칠이나 될 수 있을까?

낮은 자존감으로 힘들어했던 그녀는
타인의 칭찬과 따뜻한 시선을 통해
자존감이 회복되는 듯한 착각을 느꼈을 거다.
하지만 얼마 지나지 않아 그녀는 이렇게 묻게 될 것이다.
"지금은? 지금은 어떻지?"
누가 바라보느냐에 따라 평가는 늘 달라질 수밖에 없고

타인의 시선에 위탁된 자존감은 금세 사라져버리니,
결국 쪼그라든 자신을 마주할 수밖에 없다.
그럼 어떻게 해야 자존감을 채울 수 있을까?

내가 잠깐 다녔던 회사에는
그야말로 잘난 사람이 너무 많았다.
5개국어를 하는 사람도 있었고,
세계적으로 저명한 학자의 제자도 있었다.
그에 비해 나는 너무 평범해서 늘 쭈구리가 된 기분이었는데,
그때마다 마음을 다잡을 수 있었던 건
'그래도 나는 글을 쓸 수 있다'는 생각 때문이었다.
지금 생각하면 좀 별난 마음이었다.
당시의 나는 인기 있는 작가도 아니었고,
SNS에서 글을 공유해 좋은 반응을 얻는 것도 아니었으며,
나조차도 내 재능을 특별하거나 뛰어나다고 여기지는 않았다.

하지만 나는 내가 가진 재능이 소중했고,
남들보다 우월하진 않을지라도
비교할 수 없는 고유의 것이 내게 있다고 믿었다.

특별한 것과 소중한 것은 다르다.
우리의 가족, 친구, 연인이 특별하고 우월한 존재여서
소중한 게 아니라 우리가 마음을 주어 소중해지는 것처럼,
나 자신과 내가 가진 것을 그 자체로 소중하게 여길 수 있어야 한다.
그러면 자존감은 채워지기 시작한다.
사람들은 종종
자존감이 자신을 특별하게 여기는 마음이라 착각하곤 하지만,
자존감은 특별하지 않더라도 그런 나를 소중하게 여기는 마음이다.
현실을 잊게 하는 마취제가 아닌,
현실에 발을 딛게 하는 안전장치인 것이다.

우리는 이제 진짜 자존감을 이야기해야 한다.
나 역시도 이 말이 참 오래 걸렸지만,
예쁘지 않으면 어떤가.
특별하지 않으면 어떤가.

당신은 당신 자체로 온전하며,
우리 삶은 여전히 소중하다.

+

사람은 누구나 열등감과 무력감, 초라함을 느낀다.
건강한 자존감이란
부정적인 마음이 없는 게 아니라,
부정적인 마음에 오래 머무르지 않는 것이다.

당신의 가치는 다른 사람이 증명해주지 않아요.

신세도 좀 지고 삽시다

나는 신세 지는 걸 잘 못 견디는 인간이다.

그래서 가까운 사람에게도 부탁하는 일이 거의 없었는데,

빚지는 마음을 갖느니 차라리 혼자 해결하는 게 마음 편했고,

도움을 줄 수는 있지만 도움을 구하지는 않는 것을

내심 떳떳하게 여기며 자부심을 느끼기도 했다.

그런데 회사에 다닐 때 늦게까지 외근을 해서

다른 팀 선배 차를 얻어 탄 적이 있었다.

그때 다른 동료는 집까지 데려달라고 조르기도 했지만,

나는 미안해하며 한사코 근처에서 내렸다.

그때 선배는 내게 "그러면 가까워지기도 힘들어"라는 말을 했다.

폐 끼치지 않고, 신세 지지 않겠다는 마음이었지만,

상대는 나에게 거리감을 느낄 뿐이었다.

그러면 대체 나는 왜 그렇게 신세 지는 걸 못 견딜까?

사실 신세 지지 않는다는 떳떳함과 자부심 뒤에는

도움받지 못한 순간에 대한 미움과
혼자 감당해온 시간에 대한 연민,
거절에 대한 두려움이 있었을 테다.
하지만 이유가 무엇이건 혼자 모든 걸 감당하려는 마음은
타인과 닿지 못하게 했고 스스로를 고단하게 했다.

드라마 〈동백꽃 필 무렵〉에서
동백이가 찬숙에게 아들인 필구를 잠깐 맡아줄 수 있냐고 묻자,
찬숙은 이렇게 말한다.
"그 소리를 하는 데 뭘 그렇게 애를 쓰고 있냐.
네가 필구를 맡겨야 나도 준기를 맡기지 않겠냐."
사람이 엉기고 치대고 염치없고 그래야 정도 드는 거라고.
맞다. 엉기고 치대고 살아야 정도 들고,
부탁도 자꾸 해봐야 쉬워진다.
어쩌면 당신도 오랜 시간을 낯선 섬에 표류한 로빈슨 크루소처럼
혼자 버텨왔을지 모른다.

그랬다면, 이제 신세 좀 지고 살자.
홀로 모든 것을 감당할 필요는 없다.
당신에게 필요한 사람이 되는 기쁨을 누군가에겐 주자.

겁먹지 않고 주변에 손을 내밀고,
나 역시 상대의 손을 잡아줄 수 있을 때
우리의 삶은 더 풍요로워진다.

나약해서가 아니라 더 단단해지기 위하여.
우리에겐 도움받을 용기가 필요하다.

+

작은 변화가 일어날 때
진정한 삶을 살게 된다.
_레프 톨스토이

한 걸음 내디뎌 봅시다.

고독은 각자의 몫

나는 '인생은 어차피 혼자야'라는 말을 싫어한다.
너무 냉소적이고 방어적인 표현이라 그렇다.
그래서 '인생은 어차피 혼자야'라는 말에
논리적으로 반박할 수 있는 근거를 찾아내고 싶었다.
꼭 그런 것만은 아니라고, 혼자가 아닐 수 있다고 말이다.
하지만 그런 나조차도 인정할 수밖에 없는 건,
누구나 어느 순간엔 혼자가 된다는 사실이었다.
옆에 누군가가 있건 없건
잠자리에 눕는 순간, 길을 걷는 순간, 밥을 먹는 순간
우리는 언제나 혼자인 순간과 마주하고, 고독감과 외로움을 느낀다.

이 마음의 싱크홀은 동호회 열다섯 개에 가입해도,
애인 일곱 명을 동시에 만나도 채워지지 않는데
그 이유는 관계가 쓸모없어서가 아니라
우리에겐 혼자의 영역이 존재하기 때문이다.

관계로는 채워지지 않는 근원적 고독이 있는 것이다.

혼자의 영역을 받아들이지 않으면
실현 불가능한 이상적인 관계를 꿈꾸기도 하고,
인생은 결국 혼자고, 인맥보단 치맥이라며 관계를 폄하하기도 한다.
하지만 지방을 아무리 먹어도 단백질이 채워지지 않는 것처럼
근원적 고독으로 인한 허기와 결핍은
타인과의 관계로 채워질 수 없고,
고독으로부터 도망친다 해도 언젠가는 맞닥뜨리게 된다.

그렇기에 우리가 할 일은
관계를 통해 기쁨을 찾으면서도,
혼자의 영역을 받아들이는 것이다.
내면을 들여다보고, 자신만의 세계를 만들며
혼자를 채우는 법을 알아가야 한다.

어차피 혼자라며 쓸쓸해하지도,
나만의 외로움일 거라 착각하지도 말자.
우리는 모두 공평하게도,
각자의 고독을 이겨내고 있다.

사람은 고독하기에 사랑을 배우고,
사랑을 배우기에 성장한다.

2장

애쓰지 않고 편안하게

나답게 산다는 것

관계가 영원하지 않음에
너무 오래 서글퍼하거나 너무 미리 겁낼 필요는 없다.
계절 내내 나무는 모습을 달리하지만, 늘 그 나무인 것처럼,
강물은 늘 흐르지만, 강은 여전히 강인 것처럼,

누군가는 떠날 것이고, 누군가는 올 것이며
당신은 여전히 당신이다.

다른 사람이 되려
애쓰지 말 것

아닌 건 아니라고 솔직하게 말하는 성격 때문에
고민이라는 학생을 만난 적이 있다.
조별 과제에 늦는 팀원에게는
"괜찮아. 네 이름을 뺄 거니까"라고 말하고,
교수님이 수업에 늦으면,
"왜 늦었는지 설명해주시고 사과해주세요"라고 요구한다고 했다.
본인은 정당한 이야기를 하는 것뿐인데
취업이 잘 안 되는 것 같고, 주변에서 성격을 고치라고 하니
정말 성격을 고쳐야 하나 고민이 된다고.
당시엔 스스로 고치고 싶은 순간이 오거든 고치라고 이야기했지만,
더 좋은 대답은 없었을까 생각하곤 한다.

사실, 인터넷 사이다 썰에서
이런 성격을 가진 인물이 등장할 때는 참 속 시원한데
막상 현실에선 불편하다고 느낄 수 있으니,

주변의 걱정도 이해가 갔다.
'교수님이 수업에 늦는 건 잘못이다',
'조별 과제에 불성실한 건 잘못이다'라는 판단이 정당할지라도
매 순간, 모든 관계에서 옳고 그름만을 따져 물을 수는 없다.
교수님이 수업에 늦은 피치 못할 사정이 있을 수도 있고,
학생들 앞에서 공개적으로 사과를 요구하는 방식은
상대에게 수치심과 상처를 줄 수 있는 거다.
본인만의 확고한 신념이 있을지라도
타인의 감정을 살피지 못하고
일상적인 일에도 미리 전투태세부터 갖춘다면
자신의 방식을 점검할 필요가 있다.

그럼 역시나 성격을 고쳐야 할까.
쉽게 고칠 수 있다면 그건 애초에 성격이 아닐뿐더러
성격은 좋고 나쁨을 논하기 어려운데,
MBTI 열여섯 가지 성격 유형 중
어떤 게 좋은 성격이고, 어떤 게 나쁜 성격인가.

단호하고, 정의감에 불타는 사람은
정의의 사도가 될 수도 있지만,

도로의 보안관이 되어 보복 운전의 달인이 될 수도 있듯이
문제는 성격이 아닌 성격을 드러내는 방식에 있다.
그녀는 그저 조금은 매끄럽게, 상대를 배려하며
의사를 표현하는 방식을 익혀야 했다.

우리의 고민은 대부분 이런 식이라,
부탁을 거절하지 못해 정작 내 일은 시작조차 못 하기도 하고,
화가 나면 소리를 지르거나 물건을 던지기도 하고,
하고 싶은 말을 참지 못해서 분위기를 시베리아로 만들기도 한다.
그럴 땐 자신의 성격을 뜯어고치고 싶은 마음도 들지만,
자책한다고 달라지는 건 없고,
정신 개조를 외치며 해병대 캠프에 들어갈 필요도 없다.
고칠 수도 없고, 고칠 필요도 없는
성격 고치기에 열을 올리면 진만 빠질 뿐이다.

그보다 우리에게 필요한 건,
자신의 행동을 인지하고 조금 더 주의를 기울이는 작은 습관과
표현 방식의 변화다.
그러기 위해선 자신의 문제를 객관적으로 바라보고,
습관처럼 굳어진 대처 방식의 자동 조절 장치를 멈추어야 한다.

오랜 습관 때문에 몇 번은 더 반복하겠지만,
의식하고, 결심하며, 조금 더 나은 방식을 찾아가자.
자신에게 섣부른 꼬리표를 붙이지도,
전혀 다른 사람이 되려 애쓰지도 말자.

우리는 모두 배우고 있고,
우리 자신으로서 더 나아질 것이다.

+

변화는
자신에 대한 부끄러움이 아닌
삶에 대한 애정으로 시작되어야 한다.

당신의 장점까지 잊지는 말아요.

실망시킬 용기

〈영재 발굴단〉이라는 TV 프로그램에
초등학교 5학년 문제도 척척 푸는 여섯 살 아이가 나왔다.
여섯 살 때 유치원에 하나밖에 없던 주방 놀이 세트를 차지하는 게
최대 로망이었던 나와는 다르게,
이 똑똑한 아이는 아침부터 밤까지 문제집을 섭렵했다.
그런데 계속 관찰하자,
가끔 문제를 풀지 못하거나 답을 틀리기라도 하면,
아이는 지나치게 힘들어하며 장롱 안에 숨기도 했다.

힘들어하는 아이의 마음을 들여다보기 위해,
정신건강의학과 전문의 노규식 박사가 아이에게 이유를 묻자
아이는 더 대단한 걸 해내 사람들에게 인정받아야 한다고 답했다.
그리고 사실 문제집 풀기는 하고 싶지 않지만,
그러면 엄마가 실망한다며 참았던 울음을 터트렸다.
겨우 여섯 살인데 삶의 무게가 이렇게 무거워도 되는 걸까.

여기까지만 들으면 엄마는
가혹한 문제집 노동을 강요하는 악당 같다.
하지만 엄마는 강요한 적이 없었다.
아이는 자발적으로 문제집을 풀었다.
그래서 의아해하니, 노규식 박사가 이렇게 이야기했다.
"그러니까, 비극이잖아요."

언어에 민감하고 영민한 아이는
사람들의 행동과 말에서 심중을 읽었다.
정답을 맞힐 때는 칭찬을 받으며 인정받는 기쁨을 느꼈으나
맞히지 못했을 때 칭찬의 부재는 부모의 실망이라고 추측했고,
정답이 존재하는 문제 풀이를 반복하며 자신의 도식을 강화해갔다.
이때 부모의 헌신과 희생은
'이렇게 좋은 부모님을 실망시켜서는 안 돼'라는
마음을 품게 해 아이를 더 필사적으로 만들었다.

그런데 이 추측은 오해와 착각일 수도 있고, 과장한 것일 수도 있다.
설사 부모가 정답만을 기대했다고 하더라도
과도한 기대는 아이가 감당할 숙제가 아닌 부모가 해결할 문제였다.

그럼에도 아이는 누구도 요구하지 않은,
혹은 요구했을지라도 응할 수 없는 불가능한 요구에 묶여,
아이가 누려야 하는 기쁨과 호기심을
실패에 대한 수치심과 두려움으로 맞바꿨다.
이건 정말 비극이 아닌가.

어린 시절에 생겨난 이런 마음을 그대로 간직한 채
어른으로 자라난다면 비극은 계속된다.
완벽해야만 사랑받을 수 있다는 오랜 오해는
상대의 마음을 추측하며 자신을 옭아맨다.
물론 소중한 사람을 기쁘게 하고 싶은 마음은 문제가 없다.
하지만 그 마음이 지나쳐서 자신을 짓눌러서는 안 된다.
누구도 완벽할 수 없기에 타인의 실망을 받아들일 용기를 내야 한다.
어쩌면 당신에게 실망하는 사람은 아무도 없을 수도 있고,
누군가의 실망이 당신의 책임은 아닐 수도 있다.

내게 중요하지 않은 사람들에게 미움받을 용기가 필요한 만큼,
때론 내게 중요한 사람들을
어쩔 수 없이 실망시킬 용기도 필요하다.

완벽하지 않아도 괜찮다.
정답이 아니어도 괜찮다.

+

누구도 당신의 최선에
실망할 자격은 없다.

어느 날 동생이 말하길,

아닌데? 너만 행복하면 되는데?

돌아올 힘을
남겨두자

처음 배낭여행을 갔을 때
자전거를 타고 터키의 작은 마을을 구경한 적이 있다.
날씨도 좋은 데다, 돌아다니며 사람들과 인사도 하고,
골목 구석구석을 구경하니 너무 즐겁고 행복했다.
그래서 '조금만 더, 조금만 더' 하며 가게 됐는데,
어느 순간 너무 멀리 와버린 것을 깨달았다.
설상가상으로 날까지 어둑해져 한참 길을 헤매다
일곱 시간 만에 숙소로 돌아왔다.
그때 터덜터덜 자전거를 끌고 길을 오르는데
낮에 즐거웠던 기억은 전부 사라지고,
머릿속엔 힘들다는 생각밖에 들지 않았다.
게다가 엉덩이가 아파서 3일을 고생했다.
그 뒤로 내가 세운 여행의 철칙은
지금 당장 너무 즐겁고 조금 더 갈 수 있어도,
돌아올 시간과 힘을 남겨두는 것이다.

지치기 전에 돌아올 수 있어야
좋았던 순간을 망치지 않는다.

이건 관계에서도 마찬가지다.
잠깐 만날 사람이라면 전력을 다해도 문제가 없지만,
장기적인 관계에선 페이스 조절이 필요하다.
상대와 잘 지내고 싶은 마음에, 인정받고 싶은 욕심에,
내가 지치는 것을 외면한 채 무리하면
어느 순간 좋았던 순간마저 잊게 되고,
축 처진 마음에는 관계에 대한 허무감과 미움이 들어선다.

컵에 물을 가득 채우면 쏟아지기 쉽듯이,
관계에 힘을 너무 들이면 오히려 망치기도 쉽다.

그래서 조금 더 할 수 있어도, 다음을 위해 멈추는 게 좋다.
오래 유지해도 지치지 않을 모습으로.
좋은 관계를 유지하기 위하여.
돌아올 힘을 남겨두자.
그래야 더 오래, 더 멀리 갈 수 있다.

균형이란 더 할 수 있어도 더 하지 않는 것

인싸가 아니라도 괜찮아

나는 초등학교 때까진 낯을 많이 가려서 친구를 사귀는 게 어려웠다.
내게 어른들은 늘 "친구들과 친하게 지내야 한다"라는 말을 했지만
그런 말은 관계에 조금도 도움이 되지 않았다.
어른들의 의도와는 달리
내가 부족한 존재가 된 것 같은 기분만 느낄 뿐이었는데
친구가 많지 않은 것보다 오히려 그런 말들이 더 상처가 되었다.
그럭저럭 잘 지내고 있었는데 말이다.
그래서 나는 "가끔은 친구들과 친하게 지내지 못 해도 괜찮다"라고
말해주는 어른이 되고 싶었다.
인간관계가 아무리 중요하다 한들
스스로를 초라하게 만들 만큼 중요할 수는 없다.

삶에 필요한 인간관계의 양은 사람마다 다른데,
심리학자인 윌리엄 슈츠의 3차원 대인관계 이론에 따르면
소속감이나 친밀감에 대한 욕구에는 사람마다 차이가 존재한다.

다수의 사람과 관계를 맺고 싶어 하는 사람도,
소수의 사람과 관계를 맺고 싶어 하는 사람도 있는 것이다.
그렇기에 무조건 많은 사람과 관계를 맺는 것보다 중요한 건
내가 가진 욕구를 이해하고
자신에게 맞는 관계의 양을 찾아가는 일이다.

만족스러운 관계의 열쇠는 관계의 양이 아닌 질에 있고
친구의 숫자가 인성을 확인하는 리트머스 시험지는 아니며
사람들의 평가 때문에 관계의 맥시멀리스트가 될 필요는 없다.
그러니, 관계의 결과에 주눅 들지 말자.
나 자신보다 중요한 관계란 없다.

+

관계는 삶을 풍요롭게 하고,
자기 자신은 삶을 존재하게 한다.

인싸고 나발이고, 행복하고 봅시다.

호의는 돼지고기까지,
이유 없는 소고기는 없다

나에겐 도저히 내 책을 읽지 못하겠다는 늦둥이 남동생이 있다.
뭐. 가족의 비밀스러운 사생활을 알게 되는 것 같다나.
이번에도 안 읽을 것 같으니, 적어보자면
나이 차이도 많고 동생이 아직 학생이다 보니,
종종 용돈을 주거나 필요한 물건을 사서 주곤 했다.
그런데 하루는 동생이 사실 예전엔 부담스러웠다고 이야기했다.
나는 꼭 "고맙지?"라고 물었는데,
고맙기는 하지만, '해달라고 한 적은 없는데'라는 생각도 했다고.

처음에는 이 말을 듣고,
'복에 겨워 하는 말이 이런 걸까?' 하는 마음도 들었지만,
다시 생각해보니, 동생은 정말 해달라고 한 적이 없었다.
게다가 나는 "고맙지?"라는 말 뒤에
"그러니까, 부모님께 잘해"라는 말을 꼭 덧붙였고
내 말을 듣지 않을 땐

'내가 그렇게 잘해줬는데'라고 생각하기도 했다.
나는 동생에게 바라는 것 없이 호의를 베풀었다 생각했지만,
나도 모르게 조건을 붙였고 그게 동생에게 부담이 됐던 거다.

우리는 사랑이라는 이유로,
때로는 가족이라는 이유로 누군가에게 호의를 베푼다.
그런데 그 마음은 정말 보상을 바라지 않는 호의였을까?
'호의는 돼지고기까지, 이유 없는 소고기는 없다'는 말처럼,
희생을 동반하는 지나친 호의에는 이유가 붙는다.
물론 희생이 나쁜 것은 아니다.
다만 조건이 붙으면
공짜 핸드폰에 따라붙은 수많은 약정처럼
희생은 강요가 될 수 있고,
후원과 청탁이 다르듯, 조건이 붙은 선심은 욕심이 된다.

돌아오지 않는 보상에 상대를 원망하게 된다면
나의 행복에 대한 책임을 상대에게 전가하고 있다면
상대에게 희생하는 것으로 나의 존재감을 찾으려 한다면
동의를 구한 적 없는 희생은 멈춰야 한다.

상대는 처음부터 바란 적이 없을지도 모르니
조건을 붙이지 않을 만큼의 호의면 충분하다.

채무가 아닌 사랑의 관계가 되기 위하여,
모두를 위하여,
스스로를 돌봐야 하는 순간이다.

+

가장 큰 실수는
자신이 할 수 있는 것 이상으로
친절해지려 노력하는 것이다.

_월터 배젓

나부터 챙겨야 남도 챙긴다

희생은 착한 사람이 하는 게 아니라
강한 사람이 할 수 있는 것.

관계의 황금률

책이 사랑을 받자 나는 친구들에게 맛있는 것도 사주고
이것저것 챙겨주고 싶었다.
그러다 문득 '책이 잘돼서 잘난 척한다고 느낄까?' 걱정되었다.
그럼 밥 같은 건 사지 말고, 내색하지 말아야지 했는데,
혹시 '책도 잘됐는데 치사하다'고 생각할까 봐 걱정되었다.
아, 그것도 아니면 책은 잘되었지만
다른 부분에선 힘든 점도 많다고 말해볼까 고민도 했는데,
그건 그거대로 '책도 잘됐는데 엄살 떤다'고 생각할까 봐 걱정되었다.
미친 것 같겠지만, 몇 달 동안 실제로
내 머릿속에서 벌어졌던 생각이다.

나는 때때로 관계에서 실패할 때마다,
열심히 노력하면 더는 관계가 실패하지 않을 수 있을 거라 생각했다.
내 잘못을 곱씹으며, 경우의 수를 고민했고,
상대의 속마음을 염려했다.

하지만 그렇게 생각하니, 관계가 점점 부담되었다.
그저 관계를 지키고 싶었던 것뿐이었는데
어느 날 내 마음이 아주 작고, 초라해졌다.

나는 늘 나 자신이 흐려지면 안 된다고 말해왔음에도
타인의 마음을 염려하느라,
내가 흐려지고 있는 걸 잊고 있었다.
결코 타인의 마음을 통제할 수 없다는 진실,
아무리 노력해도 관계는 완벽할 수 없다는 진실을
나는 받아들여야 했다.
세상에는 아무리 애써도 안 맞는 사람이 존재하고,
어처구니없는 오해가 생길 때도 있고,
의도치 않게 적이 생기기도 하며,
때론 누구도 잘못하지 않았음에도
관계가 어그러지기도 한다.
인간관계에 완벽한 답은 없고,
답이 없는 문제에 답을 찾으려 하면 마음만 병들 뿐이다.

결국 오랜 고민 끝에 찾은 최선은
이렇게, 쑥스러운 고민을 털어놓는 것,

좋은 관계로 남고 싶다는 그 마음을 솔직하게 전하는 것,
그리고 관계를 소중히 여기되,
어쩔 수 없는 건 받아들이는 것이었다.

노력하되, 내가 흐려지지 않을 때까지.
그게 내가 아는 관계의 황금률이다.

+

일방적인 노력으로 지탱되는 관계는
어차피 허물어질 수밖에 없다.
단단한 관계는
서로의 노력으로 만들어진다.

진심을 다하되,
이미 끝나버린 관계에 매달리지는 마세요.

내가 지치지 않을 때까지

예전에 한 북카페에서 여러 독자와 대화를 나누던 중,
한 분이 가족에게 이기적인 자신이 싫다고 이야기한 적이 있었다.
그 이유를 물으니 결혼한 언니가 아이를 낳았는데,
조카가 예쁘기도 하고 언니도 고생하는 것 같아
선물도 많이 하고, 자기 시간을 들여 육아도 도와주었다고 한다.
그런데 점점 자신의 일상이 사라지고 힘에 부쳐서,
언니에게 잘 가지 않게 되었고
그런 자신이 이기적으로 느껴져 죄책감이 든다고 했다.
그녀의 이야기가 끝나자 다들
'그게 왜 이기적이지?'라는 표정을 짓고 있었다.

당연히 사랑하는 사람을 위해 도움을 줄 수 있고,
고통을 조금씩 나누는 순간도 있다.
하지만 아무리 가까운 관계라 해도 건강한 경계는 필요하다.

타인과의 경계를 세우지 못하면 '자신이 할 수 있는 일'과
'자신이 할 수 없는 일'의 경계도 흐려지게 되는데,
자신이 할 수 없는 일까지 하려 하면 문제는 복잡해진다.

누군가 물에 빠졌다면 마땅히 도움을 줘야 하지만,
수영도 못하는 사람이 물에 들어가면
오히려 상황만 악화되는 것처럼
문제 상황에서 함께 허우적거리는 건 누구에게도 도움되지 않는다.
그렇기에 누군가를 제대로 돕기 위해선
건강한 경계를 세우며 나를 지키는 일이 필요하고,
자신의 몫과 상대의 몫을 분리할 수 있어야 한다.

경계를 긋는 건 이기적인 게 아니다.
최소한의 경계도 없는 관계는 되레 분노와 원망, 자기 연민을 만들고,
과잉된 책임감이 상대를 의존적으로 만들 수도 있다.
나를 돌볼 수 있을 때 타인의 삶도 도울 수 있는데
실제로 연구에서는 자신의 에너지를 잘 유지하는 사람이
타인과 세상에 더 많은 기여를 할 수 있다고 한다.
타인을 위해서도 나를 돌볼 수 있어야 하는 것이다.

그러니 혼자 모든 책임을 지려 하지 말자.
자신이 들일 수 있는 에너지와 자원을
관계의 밀도, 상황에 따라 일 인분의 책임감으로 배분해야 하고,
상대 역시 힘이 든다면 자신이 기댈 수 있는 대상을 늘려야 한다.
다른 이를 돌볼 책임은 느끼면서도
나 자신을 돌보는 것에는 인색해진다면
그건 자신에 대한 무책임일 뿐.
내가 지치지 않아야 나를 지킬 수 있고,
그래야 나도, 관계도 건강해진다.

사랑하는 사람에게 힘이 되고 싶다면
첫 번째 조건은,
당신의 삶이 무너지지 않는 것이다.

서로 기댈 수 있는 관계가
가장 이상적인 관계다.

기초 믿음의 회복

대학교에 강연을 하러 갔을 때의 일이다.
강연이 끝나고 작게 사인회를 열었는데,
한 학생이 작은 목소리로
"친구들과 헤어지고 집에 오면 공허하고 외로워요"라고 말했다.
잠깐 대화를 나누고 뒤이어 함께 온 친구가
또 작은 목소리로 내게 말했다.
"친구들과 있어도 외로워요."
이 둘은 서로가 서로의 해결책이면서
왜 섬처럼 머무르며, 같은 고민을 하는 걸까.

함께 있어도 공허하고 외로운 이들.
그건 관계에 대한 믿음이 없기 때문일 테다.
타인에 대한 본능적 신뢰감은 기초 믿음이라 부르는데
이 믿음이 없으면
타인을 쉽게 떠날 수 있는 조건적 존재로 바라보게 되어

관계에서 안정감을 느끼기도,

친밀감을 공유하기도 어려워진다.

기초 믿음은 다양한 이유로 손상될 수 있지만,

양육자와의 애착 손상을 가장 큰 이유로 꼽는다.

애착은 학대와 방임, 거부 외에도 조건부 애정으로도 손상되며

이는 타인에 대한 불신을 만들고

본인의 사랑받을 자격을 의심하게 한다.

혼자가 위태로운 누군가는 변하지 않는 영원한 관계를 갈망하며

제2의 양육자를 찾아 나설 수도 있고,

타인을 옭아매면서 충족되지 못한 애정을 보상받으려 할 수도 있다.

하지만 타인에 대한 믿음은 영원을 맹세하거나

완벽한 관계에 대한 환상을 가진다고 회복되는 게 아니다.

관계에 대한 완벽주의는

비현실적인 기대와 상대에 대한 억압을 만들고

실망에 더 취약하게 할 뿐이다.

지금 우리에게 필요한 건

맹목적인 믿음이나 절대적인 하나 됨이 아닌

서로가 서로를 의지하면서도

개별성을 유지할 수 있는 상호적 관계이다.
우리는 이제 관계의 변화를 받아들여야 한다.

나는 관계를 아름다운 노래라고 생각한다.
평소에 자주 듣는 노래는 시간이 지나며 바뀔 수 있고,
예전에 즐겨 듣던 노래가 다시 좋아질 수도 있고,
새로 듣게 된 노래에 눈물 날 만큼 행복해질 수도 있다.
그렇게 플레이리스트는 변하겠지만,
우리에게는 늘 좋아하는 노래가 존재하듯이,
곁에 머무는 이들은 변하겠지만, 우리는 늘 누군가와 함께한다.

세상은 그렇게,
가까이 보면 늘 변하지만, 멀리서 보면 늘 그대로다.
그러니 관계가 영원하지 않음에
너무 오래 서글퍼하거나 너무 미리 겁낼 필요는 없다.
계절 내내 나무는 모습을 달리하지만, 늘 그 나무인 것처럼,
강물은 늘 흐르지만, 강은 여전히 강인 것처럼,

누군가는 떠날 것이고, 누군가는 올 것이며
당신은 여전히 당신이다.

당신이 누군가가 필요한 만큼,
누군가도 당신이 필요해요.

일상을 견딘다는 것

대학 시절 친구 자취방에 놀러 갔다가, 화장실의 물때를 보고
'집 화장실에도 물때가 생기네?' 하며 놀란 적이 있다.
그때 놀란 이유는 내가 화장실 청소를 너무 잘해서가 아니라
해본 적이 없어서였는데,
언제나 물때가 생기기 전, 엄마가 청소를 해뒀기에 가능한 일이었다.
나는 항상 깨끗하게 청소된 집에서,
말끔히 세탁된 옷을 입었으며,
밥솥엔 항상 밥이 있었다.
내게는 늘 당연했던 그 일상에는
엄마의 수고가 있었다는 것을 한참 지나서야 알았다.

일상을 유지하기 위한 노력은 늘 이런 식이라,
시간을 들여야 하는 지루하고도 고된 일이지만,
겉으로는 큰 변화가 보이지 않기에 쉽게 간과된다.
하지만 그 노력을 중단하는 순간,

물때가 생기고, 더러운 옷이 쌓이고,
바닥엔 발을 디딜 곳이 사라진다.
아무것도 하지 않으면 삶의 공간은 금세 엉망이 되어버리는 것이다.

산다는 것 역시 집안일을 하는 것과 같아서
살아가기 위해, 우리는 끊임없이 일상을 돌봐야 한다.
어떤 이는 피곤한 아침을 견디며 출근했고,
어떤 이는 고단한 하루를 버텨냈으며,
어떤 이는 가족을 돌봤고, 아이에게 삶을 주었다.
만약 아무것도 해내지 못했다고 말한다면
그건 '살아내는 걸' 너무 우습게 여기는 것일지도 모른다.
살아간다는 건 파도 위에 서 있는 것처럼,
넘어지지 않고 버티는 것만으로도,
엄청난 노력과 힘이 필요하다.

대단한 무언가를 이루지 않았을지라도
가만히 서 있는 것처럼 보일지라도
힘겨웠던 순간들과 버거웠던 감정들은
이미 온 힘을 다해 삶을 지켜낸 증거다.

그래서 나는 수고했다는 그 평범한 인사가 그렇게도 좋았다.
주저앉지 않기 위해 애써온 당신에게
내가 담을 수 있는 모든 무게를 담아,
한 번쯤, 꼭, 이렇게 말해주고 싶었다.

지나온 모든 순간은 그대의 최선이자 성취다.
사느라 너무나도 애썼다.
그리고 잘 버텼다.

정말, 수고했다.

평범했던 날들은 사실은 눈부셨고,
세상은 생각보다 따뜻했으며,
착한 사람들이 여전히 있었고,

당신은 충분히 잘 살아왔다.

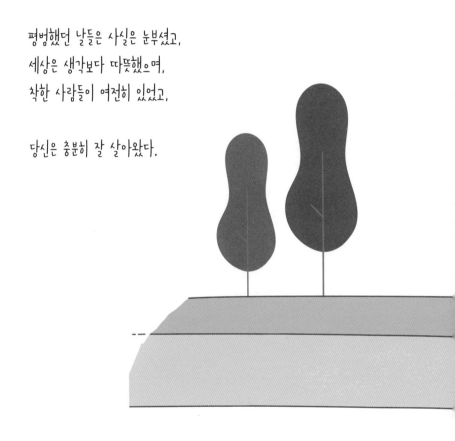

3장

신경질 내지 않고 정중하게

타인과 함께한다는 것

도로에서 막무가내인 운전자와
한동안 같은 길로 가야 한다면
안전거리를 유지해야 사고를 막을 수 있다.

그러니 한 걸음 물러나자.
모두에게 정중하되,
누구에게도 쩔쩔매지 말자.

쁘띠 또라이에게
관대할 것

지금까지 인생을 살며 가장 후회하는 것 중 하나는
누군가를 미워했던 일이다.
나는 미운 마음이 생기면 감추질 못했고
드러난 미움은 늘 가속도가 붙었다.
지나고 보면 사소했던 일들로
누군가를 미워했던 건 상대도 힘들뿐더러, 내게도 늘 노동이었다.
사람들 사이에서 편을 가르고, 마음을 낭비하게 했으며,
화해도, 사과도 못한 채 끝나버린 관계들은 오랫동안 마음에 남았다.
그래서 지금은 웬만하면 누군가를 밉다고 생각하지 않는다.
나는 마음을 감추는 걸 어려워하는 사람이니,
애초에 미움은 최대한 보류하려 한다.

이렇게 한 마리의 비둘기같이 살아보니, 사는 게 훨씬 수월해졌다.
가십에 불려 다닐 필요도 없고,
미워하는 상대의 일거수일투족에 관심을 기울일 필요도 없다.

얼마나 가뿐한 삶인가.
물론, 이렇게 마음을 먹어도
다시 또 누군가가 미워지려 할 때가 있다.
그러면 나는 뉴스의 사회면을 떠올리는데,
사탄도 스승의 은혜를 부를 것 같은 흉악범들을 생각하노라면,
가끔 속 보이는 이기적인 사람들,
약간의 허언증이 있거나 무례한 사람들은
또 그럴 수도 있단 생각이 든다.

이 정도 또라이는 어디에나 있는 쁘띠 또라이가 아닐까 하는
여유와 자비심이 나온다고 할까.
세상은 넓고, 또라이는 많다.
살며 마주치는 모든 또라이를 미워할 수는 없다.

그러니, 미움으로 마음을 낭비하지 말자.
일상의 쁘띠 또라이들에겐 자비를,
당신에겐 평화를.

또라이의 질량은 보존되고,
나도 누군가의 또라이였다.

호인과 호구의 차이

일일 드라마의 흔한 레퍼토리는
착하고 씩씩한 호감형 여주인공과
탐욕스럽고 뻔뻔하며 거짓말 만렙 악녀의 대결이다.
악녀는 온갖 거짓말과 패악질로 진상을 부리는데,
그렇게 수모를 당하는 주인공은
또다시 악녀를 용서하며 기회를 주곤 한다.
과연 재벌 3세를 만날 리 없고, 잃어버렸던 부잣집 친부모도 없는
현실의 캔디도 행복하게 잘 살 수 있을까?

와튼스쿨 조직심리학 교수인 애덤 그랜트의
《기브앤테이크》라는 책에서는
호혜의 원칙에 관한 설명이 나온다.
사람마다 상대에게 주거나 받으려는 양에 차이가 있는데
애덤 그랜트는 주는 것보다 더 많이 받으려는 테이커(taker),
받는 만큼만 주고, 주는 만큼만 받는 매처(matcher),

다른 사람의 이익을 생각하고
조건 없이 먼저 베푸는 기버(giver)로 성향을 구분했다.

연구에 따르면,
성공 사다리의 맨 아래에서 가장 가난하고 힘들게 사는 건 기버다.
남을 돕다가 정작 자신의 일을 하지 못해 생산성이 낮거나,
만만한 사람으로 여겨져 이용당하는데,
테이커에 비해 사기 등 범죄 피해자가 될 위험도
두 배나 높다고 한다.
다 퍼주다가 망하는 거다.
그런데 재미있는 사실은 가장 성공한 이들 역시 기버라는 거였다.
기버는 좋은 평판과 사회적 기반 위에서
성공을 극대화하고 가속화할 수 있었고,
다른 사람들도 기버의 성공을 기뻐하기에
이들의 성공에는 지속성이 있었다.

그럼 성공한 호인형 기버는 어떤 게 달랐을까?

그건 바로 테이커를 상종하지 않는 것.

그리고 자신을 돌보는 걸 잊지 않는 것이었다.

호구형 기버는 스스로를 돌보는 것을 어려워했고

상대가 테이커라 할지라도 관계를 지속하며 자신을 소진시켰다.

반면 호인형 기버는 누구에게나 먼저 베풀지만,

다시 돌아오지 않고 계속 받기만을 원하는 테이커와는 거리를 둔다.

그렇게 되면 매처와 기버만 남게 되니

이 안에서는 상호 호혜적인 관계가 가능하고,

상생할 기회도 많아진다.

사람들은 종종 착하게 살면 손해 볼 거라 걱정하지만,

베푸는 행위 자체는 인생의 성공과 실패를 결정하지 않는다.

착하다고 손해를 보는 게 아니라,

아무에게나 착했기에 손해를 본 것이다.

물론 누군가를 성급하게 테이커로 확정해서는 안 되고,

상호 관계의 입출금을 시시각각 분석할 수도 없다.

하지만 착취적인 관계를 지속하다,

"역시 착하게 살면 안 돼"라는 잘못된 결론을 내려서도 안 된다.

세상은 착한 사람들만 사는 디즈니 월드도 아니고,
그렇다고 악당들이 넘치는 고담 시티도 아니다.
우리에게 필요한 건 지나친 경계심도, 분별없는 이타심도 아닌
세상의 양면을 함께 바라보는 힘이자 테이커를 걸러낼 수 있는
안목일 뿐이다.

내가 가진 걸 뺏기지 않기 위해서가 아니라
마음껏 좋은 사람으로 살기 위하여
착취적인 관계가 지속된다면 거리를 두자.
기꺼이 당신을 만난 것을 행운이게 하라.
단, 그럴 자격이 있는 이들에게.

+

진실은 진실된 사람에게만 투자해야 한다.
우리는 인연을 맺음으로써 도움을 받기도 하지만
그에 못지않게 피해도 많이 당하는데
대부분 피해는 진실 없는 사람에게
진실을 쏟아부은 대가로 받는 벌이다.
_법정 스님

함께해서 더러웠고
다신 만나지 말자.

굿바이, 테이커!

상대의 마음을
안다는 착각

인터넷에서 읽은 글인데

글쓴이는 카페에서 아르바이트를 하고 있었다고 한다.

그런데 한 손님이 음료를 쏟아서 글쓴이가 손걸레로 바닥을 닦자

"지금 나 미안해하라고 일부러 손으로 닦는 거죠?"

라고 물었다고 한다.

정말이지, 꼬아서 보기로 작정하면 당해낼 재간이 없다.

상대의 속마음을 안다는 생각은 당연히 뇌피셜, 즉 착각인데

정말로 상대의 속마음을 읽는 초능력이 있다면

그 능력을 발휘해서 국정원이나 FBI에서

특수요원으로 활동해야 한다.

이런 엉터리 독심은 생각보다 흔하게 볼 수 있는데

학창 시절, 황당하게 친구와 멀어진 적이 있었다.

당시 나는 친구에게 어떤 문제로 서운한 일이 있었지만

큰일도 아니고, 친한 친구였기에

하루 이틀 시간을 두고, 얘기하면 될 거라고 생각했다.
그런데 그 뒤로 친구는 내가 자신을 싫어한다고 생각하며
나를 피하고 불편해했다.
그게 계속되니 나도 그 친구에게 안 좋은 감정이 생겼고,
나중에는 사이가 완전히 틀어졌다.
지금 생각해도 참 이해가 안 되는 일이다.

대체 왜 이런 일이 벌어지는 걸까?
과거에 경험한 거부, 냉대, 억압과 같은 불쾌한 일이
상대의 행동을 적대적으로 인지하게 하는
편향으로 나타나기 때문이다.
이런 편향이 자리를 잡으면
상대의 거부를 예상하고 감정적이거나 방어적으로 반응하게 된다.
그렇게 되면 친구와 멀어질 생각이 없었음에도 멀어졌듯이
마음속의 추측이 현실로 나타나고
'역시, 이럴 줄 알았어'라는 확신은 악순환을 만든다.

그래서 인지 이론은 분노 혹은 관계에서 빚어지는 갈등이
궁극적으로는 정신적인 허상으로 만들어진다고 설명한다.

상대의 마음을 알고 있다는 착각은

거절이나 불쾌감을 예방할 수 있을 거라는 안도감을 줄 수도 있지만,

실재하지 않았던 갈등을 스스로 만들어내기도 하는 것이다.

그럼 어떻게 해야 이 비현실적인 드라마에서 빠져나올 수 있을까.

과거의 경험이 만든 편향을 단번에 무시하기는 어렵다.

하지만 우리의 뇌는 신경가소성이라는 게 있어서,

노력 여하에 따라 새로운 길을 만들 수 있다.

새로운 길을 만들려면 익숙한 길로 생각이 뻗어나가려 할 때,

자기 생각이 어디까지나 추측임을 인지할 수 있어야 한다.

혼자서 이유를 짐작하는 대신

상대에게 질문함으로써 문제를 간단히 해결할 수도 있다.

"왜 손으로 닦으세요? 힘들지 않으세요?"

"혹시 기분 상했어?"라고 말이다.

추측이 설사 사실이라 해도

문제가 생기는 경우는 생각보다 많지 않다.

예를 들어 카페 직원이 손님을 미안하게 만들기 위해

일부러 손걸레로 닦는 퍼포먼스를 벌였다면

그는 그저 스스로를 피곤하게 만드는 사람일 뿐이고,

상대의 노력을 가상하게 여겨
조금 더 미안함을 느끼면 그만이다.

누군가의 일기장을 훔쳐볼 필요가 없듯이,
상대의 속마음을 모두 알 필요도 없다.
머릿속에서 시끄럽게 떠드는 소리가 들린다 해도
그 목소리에 사로잡히지는 말자.
그건 상대가 아닌, 당신이 만든 허상일 뿐이다.

+

마음속 목소리가 울려 퍼질 땐
'그러든가, 말든가'라고 말해볼 것.

〈올바른 질문법〉

확신이 담긴 질문은 갈등을 만들지만,
염려가 담긴 질문은 해결의 실마리를 만든다.

불편이 불편합니다

몇 년 전 아역 출신의 한 여자 배우가 무대인사에서
짝다리를 짚고 손톱을 만져 논란이 된 적이 있다.
전체 영상을 보면 그런 행동을 한 건 아주 잠깐이었고,
다른 배우들 역시 편안한 분위기에서 무대인사를 진행했다.
그럼에도 태도에 대한 논란은
'선배들도 있는데 예의가 없다', '거만해졌다' 등
인성에 대한 논란으로 이어졌다.
만약 그 나이 때의 내가 영상으로 남았다면
아마도 반사회적 인격장애로 사회에서 격리되지 않았을까.
3초간의 모습으로 인성까지 검증해내는
프로불편러의 야박함과 엄격함은 어디에서 나오는 걸까.

권위적인 집단주의 사회에서는 자신의 고유한 판단 기준보다는
외부의 권위와 규율, 집단의 판단을 기준으로
행위의 정당성을 얻는다.

그러다 보니 개개인의 다양한 가치관이 발달하기보다는
획일적으로 가치관이 고정되는 경향이 있다.

이런 사회에서는 종종 "나만 이상한 거야?"라며
타인의 생각을 확인하려 하는데
이건 "너는 어떻게 생각해?"라고 상대의 의견을 묻는 걸 넘어
마치 정답을 확인하려는 듯, 자신의 행동이 사회와 집단의 잣대로
받아들여질 수 있는지 검증하는 과정이 되기도 한다.
이렇게 하나의 가치관만을 정답처럼 여기게 된다면
타인에게 허용할 수 있는 범위가 좁아질 수밖에 없고
개인의 다양성과 다른 생각을 억압하는 결과를 만든다.
그래서 SNS나 커뮤니티에선
'예의 없다', '관종이다', '개념이 없다' 등
수많은 비난과 지적을 목격할 수 있는데,
이런 불편러들의 불편함은 우리와 아무런 상관이 없을까?

무자비한 평가가 넘쳐나는 이 세계를
호기심 어린 시선으로 흥미롭게 지켜볼 때도 있지만
사소한 행동에도 쏟아지는
불특정 다수의 비난과 지적을 바라보다 보면
내가 그 대상이 아닐지라도 마음에는 불안이 깃든다.
한순간에 손절의 대상이 되고
배척당하며 비난받을 수 있다는 공포를 내면화하고,
자기검열과 눈치 보기를 반복하게 된다.

사회가 엄격할수록 대인 공포는 증가할 수밖에 없고,
그 결과 우리는
타인의 평가에 대한 불안과 타인의 시선에 대한 공포를
조금씩 나눠 갖게 된다.

물론 문제가 있을 때 불편함을 이야기하는 게 나쁜 건 아니다.
개선을 위해서 '불편 신고함'이 필요하다.
예를 들면 내 친언니는 20년간 무법이 성행했던 집 앞 사거리에
적극적 민원을 넣어서 신호등을 설치했다.
내가 어릴 적에는 흔한 일이었던 촌지나 체벌이
지금은 낯설어질 수 있었던 것도

누군가는 불편함과 부조리에 예민하게 반응했기 때문이다.
그런 불편함은 익숙했던 문제들을 개선하며
더 나은 사회를 만들 수 있다.
하지만 고정된 자신의 가치관을 기준으로 쏟아내는
개인을 향한 비난은 그저 한순간의 통쾌함을 바라는 폭력이자
정의, 예의, 도덕이라는 이름으로 포장된 억압이다.
설사 그 비난들이 변화를 만들지라도,
억압으로 생긴 변화는 언제나 우리를 불행하게 했다.

그러니,
우리 서로 좀 내버려 두자.
조금 달라도, 실수해도, 부족해도 그냥 지나가자.
그래야, 나 자신도 그 공포에서 해방될 수 있다.

잘못한 게 없으면
사과하지 마세요.

 ✧ 찡긋

어쨌거나
똥은 피하고 봅시다

친구의 회사 상사는 내가 보기엔 좀 정신이 나간 것 같은데,
사람에 따라 한파와 폭염 사이의 온도차를 보이며
계약직 직원의 인사는 잘 받지도 않고,
"계약직 주제에!" 같은 개소리도 서슴지 않는다고 한다.
진상과 꼰대의 혼종이랄까?
이 정도 강적이야 흔치는 않겠지만,
살다 보면 막말 머신과 마주해야 할 때가 있다.
우리는 어떻게 해야 이런 이들에게서 우리의 마음을 지킬 수 있을까.

가장 좋은 방법은 단연 처음부터 거리를 두는 일이다.
똥은 더러워서 피하든 무서워서 피하든 일단 피하는 게 최선이고
마음에 상처가 나서 치료하는 것보다는,
상처가 나지 않게 예방하는 게 더 좋다.

내 경우에는 상대에 따라서 표정이 바뀌는 사람들,

사람들 앞에서 외모나 개인의 신상에 대해 함부로 말하는 사람들,
목적이 있는 순간에만 세상 다정해지는 사람들과는
가까워지면 남아날 멘탈이 없기에 애초에 거리를 둔다.

제아무리 막말 머신이라 해도
길에서 지나가는 사람에게 해코지하기는 어렵듯,
받아줄 것 같은 상대, 자신의 영역에 있는 상대에게
유독 막말하는 법이다.
그런 이들에게는
그들의 인정 욕구를 약간은 채워주면서도
정중함을 담아 적당한 거리를 두고 대하면
상대 역시 내게는 막말을 하지 않는 경우가 많았다.
막말을 할 만큼 가까운 사이가 아님을 상대도 느끼는 거다.

현실적으로 물리적 거리를 두는 건 어렵다 해도
정서적인 거리를 지키는 건 언제나 중요하다.
예를 들면 타인을 자신의 수단으로 이용하는 이들은
일종의 자기애성 인격장애로 볼 수 있다.
이들이 타인을 조종하기 위해 주로 사용하는 전술은
종잡을 수 없는 칭찬과 비난 또는 침묵인데,

이들의 행동에 일일이 반응하면

비위를 맞추려 쩔쩔매게 되고

결국 그들에게 조종당하는 대상이 된다.

이런 경우엔 말려들지 않는 게 최선이다.

그들의 칭찬을 기쁨으로 삼아서도 안 되고,

그들의 비난을 진실이라 믿어서도 안 되며,

그들이 침묵하는 이유를 추측하려 애써서도 안 된다.

칭찬과 비난, 침묵 모두에 거리를 두고,

그들로부터 관심 밖 사람이 되는 걸

목표로 하는 게 좋다.

물론, 내가 아무리 거리를 둬도

함부로 나의 영역을 헤집는 이들도 존재하겠지만,

그럴 때조차 한 걸음 떨어져 나와

그 상황을 바라볼 수 있어야 한다.

멀리서 바라보면 그저 작은 집단에서의 작은 지배자일 뿐.

때론 휴머니즘을 발휘하여 '어쩌다 저 지경이 됐을까' 하는

인간적 연민을 가져보는 것도 좋다.

운전할 때 도로 위에 어떤 운전자를 만날지 알 수 없듯이,

삶에서 누구를 만날지 우리가 결정할 수는 없다.
하지만 도로에서 막무가내인 운전자와
한동안 같은 길로 가야 한다면
안전거리를 유지해야 사고를 막을 수 있다.

그러니 한 걸음 물러나자.
모두에게 정중하되,
누구에게도 쩔쩔매지 말자.

+

부끄러움을 모르는 사람은
누구도 이길 수 없다.

이 정도면 잘르는
다큐멘터리가 아닌 시트콤

적어도 쓰리아웃은 하고
체인지합시다

요즘은 관계 정리에 대한 이야기가 많다.
가장 손쉬운 해결책이기도 하고, 속 시원한 방법이다 보니,
많은 사람들이 관계 정리를 원하는 듯하다.
그런데 이따금 관계 정리로 상처를 받은 사람뿐만 아니라,
관계 정리를 후회하는 사람들을 만날 때도 있다.
잘 맞지 않는 관계를 계속 정리하고 잘라내다 보니
지금은 만날 사람이 없어져서 외롭고,
남아 있던 관계에서
문제가 생길 땐 그야말로 멘붕이라는 거다.

나 역시 과거에는 인간관계에 문제가 생기면
그 관계만 골라내면 된다고 여겼다.
그런데 지나고 보니 관계는 서로 연결되어 쌓여 있는 젠가와 같아서
한 관계를 정리하면,
다른 관계에도 영향을 미치고 결국 관계 전체가 무너지기도 했다.

물론 정말 안 맞는 사람, 만날수록 힘든 사람,

내 감정을 이야기해도 늘 무시하는 사람이라면

관계 정리가 답이다.

또 폭력이나 착취가 있을 때는

가족이라 해도 인연을 정리하는 게 해결책이 되기도 한다.

하지만 경증의 환자에게 극약을 처방할 수는 없고,

물건에 흠집이 생겼다고 전부 새로 살 수는 없듯이

갈등과 서운함이 생겼다고 모든 관계를 정리할 수는 없다.

이때 필요한 게 시간을 두는 일이다.

마술사 이은결 씨는 14년의 열애 후 결혼했는데,

오랜 연애의 비결을 물으니

사람들은 관계가 멀어지면

끊어질 거라 생각하고 미리 끊어버리지만

연인 사이는 고무줄처럼 멀어지기도 하고 가까워지기도 해서

멀어졌을 때 관계를 끊지 않고 기다리면
결국 다시 좋아진다고 말했다.

이건 다른 관계에서도 마찬가지다.
얼굴에 트러블이 생겼을 때 빨리 없애고 싶은 마음에
억지로 짜내면 흉터가 남을 수 있는 것처럼
관계도 지금 당장 제거하면 오히려 상처가 생길 수 있고,
내버려두면 저절로 아물기도 한다.
게다가 관계는 삶의 시기마다 변하기에,
학창 시절엔 둘도 없는 단짝이
사회생활을 할 땐 서로 낯설어지기도 하고
육아를 할 때는 다시 서로의 지원군이 될 수 있다.

때때로 자연스럽게 멀어지는 관계도 있겠지만
관계를 끊어내지 않고 잠시 거리를 두며 기다린다면
관계를 잃지 않아서 다행이라고 말할 순간이 올 수도 있다.
그러니 시간을 두고, 관계의 변화를 바라보자.
당장 원하는 답은 아닐지라도,
지킬 수 있는 관계는 지키는 게 좋다.

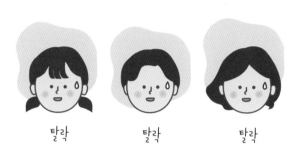

탈락   탈락   탈락

늘 인간관계에 실망하게 된다면,
사랑 보는 안목이 없거나,
상대에게 너무 많은 걸 요구하고 있거나.

상대의 인격이
나의 가치는 아니다

내가 대학을 졸업하며 처음으로 했던 일은 의류 회사 인턴이었다.
인턴이었던 나는 잡다한 심부름 담당이었는데,
첫 만남부터 유독 못되게 구는 선배가 있었다.
다른 사람과 말을 하다가도 내가 가면 귓속말로 소곤거리고,
간단하게 해결할 수 있는 실수에도 엿 먹이냐며 빈정거리곤 했다.
잘해보려 애썼지만, 아무 소용 없이 인턴이 끝났다.
그러다 몇 달 후 다른 곳에 입사하게 되었고,
출근 첫날, 첫 업무가 주어졌다.
어찌어찌 일을 마쳤고, 퇴근 시간이 가까워지자 선배가 호출을 했다.
'내가 뭘 또 잘못했나' 생각하며 가보니,
선배는 내게 바로 일을 시켜서 미안하다고,
앞으로 잘 지내자는 인사를 했다.

늘 면박을 당했던 내겐 문화 충격이자 신세계였다.

그 뒤로 나는 더 이상 사소한 트집을 잡히지 않았고,

그 선배와는 사이좋게 지내며

회사를 그만두고 8년이 지난 지금도 좋은 관계로 남게 됐다.

나는 달라진 게 없음에도 전혀 다른 상황이 벌어진 거다.

우리는 살면서 여러 가지 일을 겪을 때마다 "왜?" 하고 질문한다.

'왜 나는 이런 대접을 받을까?'

'왜 그 사람은 나를 싫어할까?'

이때, 많은 이가 그 답을 자신에게서만 찾으려 하는 오류를 범한다.

'내가 부족해서.'

'내가 매력적이지 않아서.'

'내가 집안이 좋지 않아서.'

이를 심리학에서는 개인화라 표현하기도 하는데,

나와 관계없는 일까지 나에게 원인이 있는 것처럼 생각하는 것이다.

그런데 정말 그럴까?

한 정신과 의사가 정작 치료받아야 하는 사람은 안 오고,
그 사람에게 상처받은 사람들만 병원에 온다는
이야기를 한 적이 있다.
실제로 한 인기 아이돌의 악플러를 검거했더니
명문대 법대를 나온 중년의 남성이었고,
사법시험에 여러 차례 떨어진 뒤 정신질환을 앓고 있었다.
비난의 이유는 피해자의 성격도, 태도도, 외모도, 실력도 아닌
그저 누군가의 해결되지 못한 문제일 수 있는 것이다.

그럼에도 우리는 상대의 문제를 나의 문제로 착각하며,
자신을 탓하곤 한다.
하지만 같은 사람에게도 전혀 다른 상황이 벌어지는 이유는
상황의 변수가 내가 아닌 상대였기 때문이다.

카페 직원이 퉁명스럽다면,
사장에 대한 불만 때문일 수 있고
아침에 만난 김 과장이 까칠하다면
집에 안 좋은 일이 생긴 탓일 수도 있듯이,
나를 향한 비난과 무례의 원인이 내가 아닐 수도 있다.

게다가 세상에는

난생처음 보는 사람조차 깔아뭉개려는 사람도 있고,

상대를 헐뜯기 위해선 편집이 아닌 창작을 불사하는 사람도 있으며

아주 작은 권한으로도 졸렬한 권력을 휘두르는 사람도 있다.

때론 우리의 행동을 돌아보는 노력도 필요하고,

상처가 생기는 건 어쩔 수 없겠지만,

적어도 상대의 문제까지 내 문제로 끌어오지는 않아야 한다.

상대의 기분은, 상대의 태도는, 그리고 상대의 인격은

당신의 진실이 아니다.

+

그들이 저급하게 가도

우리는 품위 있게 가자.

_미셸 오바마

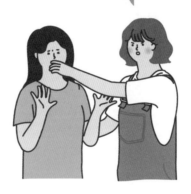

네 탓이 아니에요.

둔감함이라는 위로

예전에 일 때문에 조금 먼 거리에 택시를 타고 갈 일이 있었다.
가는 동안 기사님과 대화를 하게 되었는데,
자신은 다른 사람의 기분을 섬세하게 배려하지만
주변 사람들은 그렇지 않다며 서운함을 토로하셨다.
궁금해서 구체적인 일화를 물으니,
자신이 우울증에 걸려 힘들어하고 있을 때
친구가 전화해서
"요즘 왜 이렇게 연락이 안 돼?"라고 묻는 말에 실망해서
절교를 하게 됐다고 했다.
자신을 탓하는 것처럼 들리고, 배려가 없었다고.

여기까지 듣자 이해가 잘 안 되어서 좀 혼미해졌는데
남을 섬세하게 배려한다는 기사님의 마지막 반전은
길을 돌아가서 택시비가 만 원이 더 나온 거였다.
(물론, 내가 만난 다른 기사님들은 대부분 친절하시다!)

평범한 안부 인사가
우울증에 걸린 이에겐 비난으로 들릴 수 있던 것처럼
상처가 꼭 누군가의 악의로 만들어지는 건 아니다.

취업을 준비하는 사람에겐
직장에 다니는 친구의 고민은 자랑처럼 들리기도 하고,
아기가 생기지 않아 힘든 사람에겐
친구의 독박 육아가 배부른 소리처럼 느껴질 수 있다.
내가 처한 입장에 따라 상대의 말과 행동을 다르게 해석하는 거다.
누구의 잘못이라기보다는 그저 타이밍의 문제일 수 있기에
상처받는 것보다는 약간의 둔감함이 필요하다.
그리고 이 둔감함은
나 혼자만 상처받았다는 생각에서 벗어날 때 생겨난다.

문요한 정신건강의학과 전문의는 한 강연에서
"지금까지 나에게 크게 상처를 준 사람은 누구입니까?"라고 물으면
많은 사람이 어렵지 않게 답한다고 했다.
그런데 "지금까지 당신 때문에 크게 상처받은 사람은
누구입니까?"라고 물으면 좀처럼 대답이 없다고 했다.
왜 그런 걸까?

상처를 받은 사람만 있고 준 사람은 없는, 수요와 공급의 불일치는
아마 우리도 누군가에게 상처를 주고 있었다는 증거가 아닐까.

우리는 나 혼자 상처받았다고 생각하며
자기 연민과 분노에 빠지지만,
우리가 받은 상처를 상대가 전부 알지는 못하는 것처럼,
우리 역시 우리도 모르게 누군가에게 상처를 줬다.
그런데 누군가에게 상처를 준 순간,
상대가 '그럴 수도 있지'라고 이해해준다면
'네가 나쁜 마음으로 그럴 리 없다'고 생각해준다면
우리에게 얼마나 큰 위안이 될까.

상처를 내지 않는 조심성도 필요하지만,
상처에 대한 너그러움이 없다면,
우리는 모두 상처투성이가 된다.
고슴도치 같던 마음이 솜털 같아질 수는 없을지라도,
상대의 실수에 조금은 눈감아주고,
너그러운 시선으로 바라보며,
상대의 행동에 의도를 찾지 않는 둔감함이 필요하다.

+

사람과의 교제에서는 모르는 척 거짓 둔감이 필요하다.

말은 가능한 한 호의적으로 해석해야 하며,

상대를 소중한 사람인 양 대하되

결코 이쪽이 일방적으로 배려하는 것처럼 보이지 않아야 한다.

마치 상대보다 둔한 감각을 가진 듯이

이것이 사교의 요령이며, 사람에 대한 위로이기도 하다.

_프리드리히 니체

우연히 본 글에서
글쓴이는 회사 동료의 바지에 콜라를 쏟았다.
미안해하며 걱정을 했더니,
이렇게 답했다고.

괜찮아요. 엉덩이가
조금 더 달콤해졌을 뿐.

너그러운 둔감함은 언제나 다정하고 달콤하다.

사과는 늦더라도 옳다

언젠가 강연을 하다가,
간단한 질문을 하나 받았다.
지금 가고 있는 길이 맞는지 모르겠다는 물음에
그렇다면 다른 방향으로 가보는 것도 좋겠다고 답했는데,
갑자기 다른 학생이
"작가님이 정답인 것처럼 이야기하시는 것 같다"라고
뾰족하게 말했다.
'내가 그랬나?' 하는 의문이 들며 잠깐 당황했지만,
내 생각이 틀릴 수 있으니,
잘 판단하시라고 덧붙이며 강연을 마쳤다.

그런데 몇 달이 지나서
그 질문을 했던 학생에게서 메시지가 왔다.
한참 지나고 나서도
자신이 무례했던 것 같아 마음에 걸려서,

늦었지만 사과하고 싶다는 말이었다.
당시의 상황을 자세히 적어준 덕분에 기억이 났지만,
금세 잊었던 일이었다.
그런데도 사과를 받으니, 왠지 기분이 좋았다.
어딘가 남았을 뻔한 작은 상처가 치유되는 기분이랄까.
누군가 내 마음을 염려해줬다는 사실만으로도
안도감과 따뜻함이 느껴졌다.

이미 지나간 잘못에 대해
사과하는 게 옳은가 생각하면,
사과는 늦더라도 옳다.

물론 사과를 받아줄지 받아주지 않을지는 상대의 몫이고,
사과하더라도 관계에는 큰 변화가 없을 수도 있겠지만,
진심이 담긴 사과에 손해는 없다.

어쩌면 서로의 진심이 닿을 수도,

상처가 치유될 수도,

운이 좋다면 그 용기만큼의 자유를 얻을 수도 있다.

그러니, 마음의 짐이 있었다면

그 마음을 전해보자.

사과는 늦더라도 옳다.

+

사과는 사랑스러운 향기다.

사과는 아주 어색한 순간을

우아한 선물로 바꾼다.

_마가렛 리 런벡

전하지 못한 사과가 있다면
용기 내보세요.

손해를 최소화하는 법

첫 배낭여행에서의 고난 시리즈 중 하나를 풀어보겠다.

당시 영국에서 이탈리아로 넘어가기 위해 공항에 가야 했는데

갑자기 지하철역에 사고가 나서 급하게 버스를 탔고,

결국 시간이 지체되는 바람에 비행기를 놓쳤다.

저가 항공에서 특가로 샀던 비행기표라 환불이 안 된다고 해서

20만 원을 주고 다시 표를 끊었다.

빠듯한 예산 때문에 아끼고 아낀 돈이 허무하게 사라지자

우울감이 몰려왔다.

'조금만 빨리 왔으면 얼마나 좋았을까', '나는 왜 운이 없을까'

이런 생각들이 떠올라 그날은 종일 아무것도 하지 못했다.

그런데 여행을 마치고 생각해보니

돈보다 아까운 건 자책하느라 망쳐버린 하루였다.

아무리 자책하고 슬퍼한다 해도

요정이 나타나 비행기표를 가져다줄 것도 아니었고

갑자기 타임워프가 되어 과거로 돌아갈 일도 없었다.
그렇기에 이미 벌어진 손해를 최소화하는 방법은
어쩔 수 없는 일이라 말하며,
마음이 그 상황에 오래 머물지 않도록 하는 것이다.
마음을 싹둑 자르지는 못하겠지만,
그 상황이 주는 교훈만을 취하고,
과거가 현재를 망치도록 내버려둬서는 안 된다.

이건 관계에서도 마찬가지다.
우리는 때때로 상대의 잘못으로 피해자가 된다.
이때 느끼는 감정은 우리를 괴롭게 하지만, 쉽게 내려놓을 수가 없다.
상대의 잘못을 사라지게 하고 싶지 않고,
상대를 비난할 수 있는 권리를 포기하고 싶지도 않다.
그래서 스스로 괴로움을 선택한다.

하지만 그건 원망이라는 이름으로
자신에게 하는 2차 가해는 아니었을까.

가끔 횡단보도로 위험하게 지나가는 차를 보면 화가 날 때가 있다.
사고가 난다면 상대의 과실이 백 퍼센트일 테지만,
내가 그 차에 치일 수는 없는 것처럼
상대를 징벌하기 위해 나를 손상시킬 수는 없다.
수없이 곱씹으며 상처받았던 그 자리로 돌아가고 있다면,
그건 내 삶에 가해자의 자리를 더 오래 내어주는 일이다.
이제는, 익숙한 자리에서 걸어 나와
앞으로 나아가야 한다.
상대를 위해서가 아닌, 당신을 위하여.

용서하지 않아도 좋다.
다만, 당신의 자유를 택하자.

다른 사람이 만든 상처에서 살지 말아요.

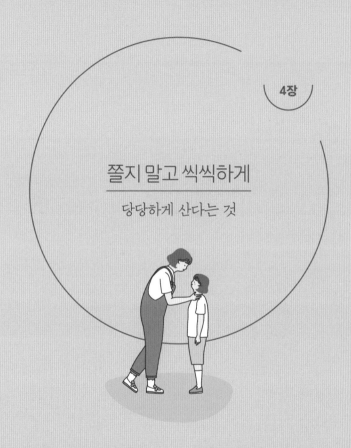

4장

쫄지 말고 씩씩하게

당당하게 산다는 것

모욕에 익숙해지지 않아야, 함부로 모욕하지 않는다.
그러니 우리는 더럽고 치사했다고, 되돌려 주지는 말자.
적어도 그 모욕에 익숙해지지 말자.

나만 참으면
끝나는 일은 없어요

프리랜서 디자이너로 일하던 당시,
업계에서는 작업물의 가격을 책정하는 게 워낙 제각각이었다.
예를 들어 로고 디자인 작업이라면,
몇만 원 수준에서 몇천만 원까지 다양했다.
정해진 규정이 따로 없다 보니
어떤 클라이언트를 만나는지도 중요했는데
가끔 최저 시급의 절반에도 못 미칠 금액으로
작업 의뢰가 들어오기도 하고,
무제한 이용권이라 생각하는지
추가 작업을 계속해서 요구받을 때도 있었다.

그때마다 이렇게라도 해서 돈을 버는 게 낫지 않을까 싶다가도,
아직 굶어 죽진 않겠다 싶으면, 결국에는 거절하곤 했다.
더 절박한 누군가는 그 부당한 요구를 들어주겠지만,
적어도 그들에게 고맙다는 생각은 할 수 있길 바라며

무리한 요구라고 당당하지만 정중하게 말했다.

내가 무리한 요구를 수용하게 되면,
상대는 무리한 요구를 가능한 요구였다고 생각하게 되고,
"지난번에 다른 사람은 해줬는데"
"지난번에 다른 사람은 괜찮다고 했는데"라고 말하며,
더 당당히 부당한 요구를 하게 된다.
그건 결국 시장 전체를 망치게 되고,
피해를 다른 사람과 나눠 갖게 된다.
내가 한 번 참고 넘어가 버려서
모두가 참아야 할 수도 있는 거다.

그래서 선의는 신중해야 한다.
개인의 선의가 꼭 전체의 정의로 귀결되는 것은 아니며,
광장에 모여 손을 맞잡는 것만이 연대가 아니다.
때론, 부당한 요구에 응하지 않는 게
최선의 선의이자, 연대일 수 있다.

다들 조금만 덜
열심히 살면 좋겠어요.

신념도 수정이 가능합니다

여행에서 우연히 한국인 여행자와 대화를 나눈 적이 있다.
명문대에 가지 못할까 봐 걱정했던 부모님의 권유로
그는 고등학교 때 유학을 하였고,
무사히 대학까지 마치고 돌아와 한 증권사에 취업했다고 한다.
그는 그게 참 다행이라고 했다.
그러고는 부모님이 그러하셨듯 자신도
자식을 일정한 수준에 올려놓기 위해 계속 일만 할 거라고 말했다.
회사 선배들도 대부분 자식과 아내를 외국에 보내고
기러기 아빠 생활을 하고 있기에
비록 아이의 얼굴도 잘 볼 수 없겠지만
그렇게 하는 게 맞는 것 같다고 했다.

나는 그 이야기가 오랫동안 인상에 남았는데,
내 청소년기를 말하자면, 방목된 소 떼와 같았다고 할까.
흔히 다니는 피아노 학원이나 미술 학원도 다니지 않았고,

공부에 대한 압박을 거의 받지 않고 지냈다.
나이를 먹고 부모님에게 "나는 버리는 카드였냐"고 물으니,
나는 건강한 지금과 달리 어린 시절엔 몸이 약했는데,
'건강하게만 자라다오'의 마음이었다고.
그런데 나는 때가 되니 공부에 관심이 생겼고,
고민은 많았지만 알아서 진로도 찾고 살게 됐다.

그러다 보니 자연스럽게
사람은 누구나 씨앗을 가지고 태어나고,
어떤 꽃이 돼라 강요하지 않아도
적당한 물과 햇빛만 주면
알아서 저마다의 꽃을 피운다고 생각하게 되었다.
물론 나중에 자식을 낳으면 눈에 쌍불을 켜고
사교육의 화신이 될 수도 있겠지만,
자식의 삶을 대신 설계해줄 필요는 없다는 게

지금까지의 내 지론이었다.
그러니 그의 이야기가 신기할 수밖에.

한번은 〈비정상회담〉이라는 TV 프로그램에서
여러 국가의 청년들에게 체벌에 대한 찬성과 반대를 물은 적이 있다.
흥미로웠던 건 체벌이 있는 국가의 패널은 체벌을 찬성했고,
체벌이 없는 국가의 패널은 체벌을 반대했다.
맞고 자란 이들이 오히려 체벌에 관대하고
맞지 않고 자란 이들은 체벌에 더 민감한 거였다.

많은 경우 사람들은 자신이 경험한 삶의 논리를 수용한다.
설사 거기에 저항하고 반대하더라도
자신도 모르는 사이 체득된 삶의 논리와 문화에서
자유로울 수는 없다.

그럼 누구의 생각이 옳은 걸까?
글쎄. 어느 한쪽이 정답을 독점하지는 않는다.
사람은 누구나 자신이 살아온 방식을 통해 삶을 바라볼 뿐,
누구나 자신에게 맞는 방식을 선택할 자유가 있다.
다만 신념이 경직되는 건 경계해야 한다.

맹목적인 믿음이 때론 사이비 종교 신도를 만들기에

오랜 세월 마음에 심어진 '이게 옳다'는 신념에도

의문을 가질 필요가 있다.

내가 믿는 삶의 관점이 유일한 진리는 아닐 수 있고,

몇 번을 검증한 신념에도 오류는 존재할 수 있으며,

가치관 역시 필요하면 수정하고 보완할 수 있다.

그렇기에 지금의 방식으로 대안을 찾을 수 없는 순간이 온다면,

삶에서 행복을 찾을 수 없다면,

반복되는 충돌이 생겨난다면

설득될 용기를 내자.

우리의 믿음에도 때론 '변경 가능'이라는 조항이 필요하다.

+

늘 행복하고 지혜로운 사람이 되려면

자주 변해야 한다.

_공자

설득하기 위해서는
논리가 필요하고,

설득되기 위해서는
성찰이 필요하다.

돈 버는 건 더럽고
치사한 일이 아니다

종종 직장 생활에 대한 고민을 들을 때가 있다.
갑질하는 고객, 무책임한 상사, 양심 없는 오너.
개인적인 사정을 모르니 그만두라고 말할 수도 없고,
뾰족한 수가 없어서
'돈 버는 게 원래 더럽고 치사하다'는 말을 내뱉으려다
문득 '정말 그런가?' 싶은 의문이 생겼다.
힘들고 어려운 거야 그렇다 치지만, 왜 더럽고 치사하기까지 한 걸까.
이 체념 섞인 위로는 가해자가 정한 사회의 정의 아니었을까.

나도 견뎠으니, 너도 견뎌야 한다고.
세상이 원래 그런 거라고.
돈 버는 건 원래 더럽고 치사한 일이니,
돈을 벌기 위해선 응당 무례와 괴로움을 느껴야 한다고 말이다.
그래서 갑질은 늘 그렇게도 당당했다.

유명세에는 얼굴 없는 이들의 비난과 악플이 포함되어 있다고.
월급에는 비인간적인 대우를 견디는 비용이 포함되어 있다고.

'이 정도 모욕에 징징거리면 안 된다'는 논리가 따라붙으며,
왜곡된 평등주의는 불필요한 고통과 모멸을 남겼다.
그런데 이렇게 되자 깨진 유리창 법칙처럼,
쓰레기가 쌓인 골목길처럼,
모욕이 있는 곳에서 모욕은 더 쉬워졌다.
그리고 이 모욕 대잔치의 결과,
내가 모욕에 동의한 만큼 모욕을 주고받으며 살게 된다.

그런데, 꼭 더럽고 치사하게,
모두가 공평하게 모욕과 불행 속에서 살아야 할까.
아니, 우리는 모욕의 재생산을 중단할 수 있어야 한다.
지금껏 세상이 어떻게 돌아갔건,

원래 더럽고 치사한 거라고 체념하며 동의하지 않아야 한다.
모욕에 익숙해지지 않아야, 함부로 모욕하지 않는다.
그러니 우리는 더럽고 치사했다고, 되돌려 주지는 말자.
적어도 그 모욕에 익숙해지지 말자.

그래야 우리가,
내가 사랑하는 이들이
더럽고 치사하지 않은 세상에서 산다.

+

모욕당하는 방법은 그것에 굴복하는 것이다.
사람은 요구하는 만큼만 존중받게 된다.
_윌리엄 해즐릿

불안 금지

예전에는 스마트폰으로 포털사이트에 올라온
실시간 검색어를 자주 확인하곤 했다.
시시각각 변하는 이슈와 논란을 확인하는 건 일상적인 일이었다.
그런데 한참 뉴스를 보다 보니
마음에 피로감과 불안이 쌓였다.
나는 그저 방에 누워 뉴스를 보는 것뿐인데 왜 그랬던 걸까?

서울대학교병원에서 스트레스에 관한 실험을 진행한 적이 있다.
연구진은 같은 환경에서 양육된 실험용 쥐를 두 집단으로 나눠
한 집단에는 2분마다 전기 충격을 주고,
또 다른 집단은 유리창 건너편에서
맞은 편 쥐를 관찰하도록 배치했다.

열여섯 시간 동안 실험을 진행하며
쥐들은 480회의 전기 충격을 받았는데,

쥐들의 아우슈비츠 현장에서 발견한 놀라운 점은
직접 고통을 받은 쥐가 아닌, 고통을 관찰한 쥐가
스트레스로 먼저 탈진했다는 사실이었다.
유리창 너머의 고통을 바라보는 것만으로
두려움과 스트레스를 느꼈고,
바라보는 것밖에 할 수 없다는 사실에 더 큰 무력감을 느낀 것이다.

과거보다 월등히 많은 사람이
우울증이나 조울증 같은 기분장애에 시달린다.
많은 학자들은 그 원인 중 하나를
현대사회의 불확실성으로 설명한다.
하지만 과거에도 불확실하긴 마찬가지였다.
호랑이가 물어 가기도 하고, 전쟁이 일어났으며, 기아 문제도 있었다.
반면 현대에는 평균수명이 늘어나고,
경찰서와 소방서, 병원이 있으며

우리의 일상은 그때처럼 척박하지 않다.
그럼에도 과거보다 더 많은 이가 불안에 잠기고,
기분장애에 시달리는 이유는
너무 많은 소란을 확인하며 바라보기 때문은 아닐까?
마치 전체 동의 사이에 끼어있던 광고 수신 동의처럼
우리도 모르는 사이, 불안에 동의하고 있었는지 모른다.

너무 많은 정보는 우리의 마음을 예민하게 만들고
실제적인 위협에 대처하기도 전에 불안에 탈진하게 한다.
그럼 어떻게 해야 마음에 새겨지고 있는
불안감과 예민함에서 조금은 자유로울 수 있을까.

《예민함 내려놓기》에서는 예민함을 내려놓으려면
예민함을 유발하는 자극의 양을 줄여야 한다고 말한다.
처음엔 참 싱거운 해결책이라 생각했는데,
지나고 보니 이만한 해결책도 없었다.
자꾸 불안에 빠뜨리는 웅덩이가 있다면,
웅덩이를 메우는 것보다는,
적당히 피해가며 마음이 무리하지 않게 조절하는 게
효율적일 수 있다.

뉴스를 보며 불안을 키워가고 있다면,
실시간 이슈를 확인하며 신경을 곤두세우고 있다면,
고개를 들고 시선을 돌려야 한다.

우리의 마음은 우리가 바라보는 것으로 물드는 법이다.
우리, 예쁘고 다정하고 따뜻한 것을 보자.

+

무언가가 중요해서 바라보는 게 아니라,
바라보기 때문에 중요해진다.

예쁜 것만 보세요.

이 츠 유

나부터 신경을 끕시다

고3 수험생인 독자를 만난 적이 있었는데,
친구들과 사이가 안 좋아지면서 힘든 시간을 보냈다고 했다.
지금은 같은 학교를 다니진 않지만 사이가 틀어진 친구들에게
자신이 더 좋은 대학에 가는 걸 보여주고 싶다고도 말했다.
그 마음이야 이해는 갔지만 한편으로 걱정도 되었다.
같은 학교도 아닌데 어떻게 보여준다는 걸까?
대학에 합격하면 이메일이라도 보내겠다는 걸까?
좋은 대학에 합격하는 걸 '보여준다'는 생각은
다른 사람들이 나를 지켜볼 거라는 믿음을 전제로 한다.

물론 원하는 대학에 합격한다면
주변의 부러움을 한몸에 받고,
질투를 불러일으키는 대상이 되기도 할 것이다.
하지만 앞으로의 삶에 취업, 결혼, 자동차, 외모, 집, 연봉 등등
비교할 일은 줄지어 있는데,

그때마다 불특정 다수의 시선을 의식하면
안 좋은 일이 생길 땐
타인의 시선이 공포와 모욕이 되어버린다.

이런 마음은 파놉티콘 구조로 설명할 수 있는데,
파놉티콘은 영국의 철학자 제러미 벤담이 제안한
감옥의 건축 양식으로,
감시자는 죄수를 볼 수 있지만
죄수는 감시자를 볼 수 없는 구조를 말한다.
이 구조에서 죄수는 감시자가 지켜보지 않을 때조차
자신을 지켜볼 거라 생각하며 불안을 느끼고,
결국 감시의 시선이 내면화되어 끊임없이 자신을 채점하게 된다.
그런데 무고한 자신을 이런 시선의 감옥에 가둘 필요가 있을까.
우리에겐 자유와 해방을 얻을 방법이 있다.

그건 아주 간단하다. 나부터 신경을 끄면 된다.
사람은 언제나 자신의 모습을 타인에게 투영하는 법이다.
내가 신경을 쓰면 남도 내게 신경을 쓰는 것처럼 느껴지므로,
내가 신경을 꺼야 신경도 덜 쓰인다.

애정 없는 이들의 SNS를 염탐하지 말고,
중요하지 않은 사람들의 근황도 업데이트하지 말고,
누군가 자꾸만 소식을 전해준다면 화제를 돌릴 수 있어야 한다.
물론 누군가가 우리의 삶을 지켜보며
불행을 고대할 수도 있지만
그들의 시간 낭비까지 신경 쓸 필요는 없고,
누군가가 우리의 불행으로 자신을 위로한다 해도
그건 저열한 이들의 초라한 위안일 뿐이다.

그러니 나부터 신경을 끄자.
우리에게 필요한 건 내 삶에 집중하는 힘이다.

+

보잘것없는 이들이 함부로 떠드는 소리에 겁먹지 말자.
우리는 삶을 존엄으로 지켜낼 수 있다.

힘 좀 빼고 갑시다

책을 읽은 독자들에게 고맙다는 메시지를 받을 때면
나는 보답을 해야 한다는 마음이 솟아오른다.
그런데 독자들에게 전부 기프티콘을 보낼 순 없는 노릇이니,
내가 할 수 있는 가장 큰 보답은 좋은 책을 쓰는 일이다.
자숙 후 복귀하는 연예인들의 멘트 같지만
좋은 글로 보답해야 한다고 생각하며 전의를 불태우곤 했다.
여기까지는 좋았다.
이 모든 건 독자를 생각하는 작가의 훈훈한 마음이 아닌가.
그런데 문제는 그러고 나니 글 쓰는 게 어려워졌다는 거다.
책임감과 부담감은 일의 완성도를 높이기도 하지만,
지나친 압력은 오히려
마음의 연비를 낮추고 아무것도 할 수 없게 만든다.

한번은 유난히 책임감이 강했던 지인이
공황장애로 일을 쉬게 된 적이 있다.

주변에서는 그에게 책임감을 좀 내려놓으라고 말했지만,
그는 자신에게 더 많은 책임감을 요구했고
그럴수록 일상적인 일조차 점점 더 어려워졌다.

우리는 흔히 강한 책임감, 꼼꼼하고 철저한 성격을
바람직하다고 여기지만
이런 성격은 멜랑콜리 친화형, 그러니까
우울증에 걸리기 쉬운 성격으로 볼 수 있다.
마음과 싸우는 데 힘을 다 써버리니
정작 문제를 해결할 힘이 남아 있지 않게 된다.
그렇기에 아무리 아름다운 신념일지라도,
아무리 어른스러운 책임감일지라도,
때론 내려놓는 순간이 필요하다.
불필요한 죄의식이나 지나친 책임감 없이도
우리는 사랑하는 이들에게 보답할 수 있고
내가 손상되지 않아야 그다음도 있다.

어떤 신념이라도 그 신념의 노예가 되지는 말자.
가벼워져야 더 많은 걸 할 수 있다.
우리의 마음에도 최적화가 필요하다.

내려놓아야 자유를 얻을 수 있어요.

그냥 해보고 싶은 일을
그냥 해보기

종종 왜 책을 쓰게 됐냐는 질문을 받는다.

고3 시절, 버킷리스트에 '내 이름으로 책 내보기'가 있었고,

대학 시절, 자신의 진로를 쓰는 리포트에는

사람들에게 위로와 응원을 주는 일을 하고 싶다고 썼다.

하지만 작가로 먹고사는 건 너무 어려운 일 같아서,

회사에 들어가 남들처럼 살아야겠다고 생각했다.

그런데 어찌 된 일인지, 나는 남들처럼 사는 게 녹록하지 않았는데,

이럴 바엔 그냥 내가 하고 싶은 일을 해봐야겠다 싶었다.

진로를 고민하며

워크넷에서 적성검사도 해보고,

신림동에 있는 무당도 찾아가 봤지만,

책을 쓴 이유는 결국, '그냥'이었다.

정신분석학자인 자크 라캉이 말하길

사람은 타인의 욕망을 욕망한다고 한다.

아이는 부모의 욕망을, 남자는 여자의 욕망을, 여자는 남자의 욕망을.
그런데 타인의 욕망을 욕망하며
다른 사람이 내게 무엇을 원하는지만 살피다 보면,
내가 뭘 원하는지에 대해서는 무뎌진다.
그래서 '그냥'이라는 감각은 소중하다.
누구의 욕망도 아닌, 온전한 나의 욕망이기에
우리는 '그냥'이라는 감각에 귀 기울이며
그냥 해보고 싶은 일을 그냥 해봐야 한다.
물론 쉽지만은 않은데,
하고 싶은 일을 하면서 망하지 않은
내 나름의 비결을 이야기하자면,
우선 생계를 위해 최소한의 대책은 세우는 게 좋다.

나는 프리랜서 디자이너로 일할 수 있었기에
넉넉하진 않지만, 생계를 꾸릴 수 있었다.

클라이언트가 의뢰한 일이 있을 때는 돈을 벌 수 있으니 좋고,
없을 때는 내 일을 할 수 있으니까 좋았다.
돌아갈 다리에 불을 지르는 결의도 필요하겠지만,
애먼 다리에 불을 지를 필요는 없고,
눈물 젖은 빵보다는 영양가 있는 음식을 골고루 먹어야
그 일을 오래 해나갈 수 있다.
집중적인 노력이 필요하다면
그 기간을 버틸 자금을 먼저 마련하는 것도 좋은 방법이다.
또 단기간에 모든 열정을 불태워 몸을 혹사시키는 것보다는
루틴을 갖고 성실하게 그리고 진지하게 일하는 게 좋다.

내가 관찰한 바로는,
생계를 위해 최소한의 대책을 세우고,
꾸준히 진지하게 하면 망하기도 쉽지 않다.
만약 잘 안된다 해도 다른 길을 가면 된다.
우리는 그렇게 연약한 존재가 아니다.

한 가지 꿈에 장렬히 전사할 필요는 없다.
삶은 계속되어야 하고, 퇴로는 열려 있다.
우리에게 안전한 포기보다 필요한 건

언제든 다시 시작할 수 있는 힘이다.
물론 선택도 책임도 각자의 몫이다.
다만 그냥 해보고 싶은 일에 용기가 필요한 이들이라면,
안될 것 같아도 안 할 수는 없는 그런 일이 있다면,
모쪼록 이 글이 용기가 되기를 바란다.

+

좋아하지 않는 일을 하면서도 얼마든지 실패할 수 있으니
이왕이면 사랑하는 일에 도전하는 게 낫다.

_짐 캐리

제대로 해봐야 포기도 할 수 있다.

모든 걸 과거의 문제로
여기지는 말 것

나는 어릴 적 유치원에 갈 때마다 울었다.

엄마는 우는 나를 유치원 버스에 밀어 넣었는데,

서럽게 울며 선생님에게 이끌려 가던 장면이 지금도 생생하다.

이유나 기분은 잘 기억나지 않았는데,

심리학책을 읽으며 막연하게

'엄마와 분리불안이 있었나 보다' 하고 생각했다.

그런데 얼마 전, 약속이 있어 평소보다 일찍 일어나는데,

너무 일어나기 싫어서 눈물이 날 것 같았다.

생각해보니 나는 학창 시절뿐만 아니라,

회사에 다닐 때도 늘 지각했다.

이 이야기에 나를 혼내고 싶은 사람도 있겠지만,

일부러 그런 게 아니다.

나는 아침잠이 유독 많아서,

맞고, 혼나고, 학점이 안 나와도 어쩔 수가 없었고,

회사에 다닐 때는 매일 지옥을 봐야 했다.
그 기억들이 떠오른 순간,
그토록 유치원에 가기 싫어했던 이유가
분리불안이 아니라 아침잠 때문이었음을 깨달았다.

우리는 곧잘 어린 시절을 통해 자신의 문제를 진단한다.
어린 시절의 경험이 마음의 구조를 만들기 때문이다.
하지만 문제는 기억이 불완전하다는 데 있다.
같은 상황이라도 사람마다 다르게 인지하고
드라마도 지난주에 본 걸 다시 보면 기억했던 것과 대사가 다른데,
몇 년 전에 일어난 일을 어떻게 정확하게 기억할 수 있을까.
또, 기억은 감정과 맞물려 있기 때문에
슬플 때는 슬픈 기억이 나고, 우울할 땐 우울한 기억이 난다.
나의 과거가 나쁜 기억으로 점철되어 있어서가 아니라,
지금의 감정이 나쁜 기억을 끌고 오는 것일 수도 있다.

물론 과거를 통해 문제의 시작을 진단하고
문제의 이면을 이해할 수도 있다.
하지만 이미 정해져 있는 과거에 붙들려
기억을 곱씹는 것으로 상처가 회복되지는 않는다.

아들러의 말처럼 과거는 지금의 해설은 될 수 있지만
미래의 해결책은 될 수 없는 것이다.
그럼 어떻게 해야 할까.
우리가 과거에서 벗어나 앞으로 나아가기 위해 필요한 건
원망이 아닌 애도다.
지나가버린 과거를 향해 분노하는 대신,
연약했던, 애처롭던, 안쓰럽던 과거의 자신에게
얼마나 힘들었냐고, 얼마나 외로웠냐고, 얼마나 무서웠냐고
마음껏 울어주고, 마음껏 슬퍼하며,
어린 시절의 나를 달래주어야 한다.
잘 버텨서, 잘 견뎌서
이제 더는 겁먹지 않아도 되는 어른이 되었다고 말해주어야 한다.

모든 걸 과거에 묻지는 말자.
과거의 기억으로 자신을 규정지을 필요는 없다.
어떤 환경에서 자랐건, 어떤 상처를 가졌건,
당신은 앞으로 나아갈 자격이 있고,
더 많은 걸 결정할 수 있다.
당신은 더 행복해질 수 있다.

숨어 있던 어린 시절의 나를 달래주세요.

조바심 내지 않기

내가 질색하는 게 있다면, 후회하는 일이다.

이미 되돌릴 수 없는 일을 바라보며 자책하는 건,

우리 마음을 얼마나 불쾌하고 피곤하게 만드는가.

그래서 나는 후회를 최소화하기 위해 방지책을 세웠는데,

그건 후회에 관한 오답 노트를 적는 것이었다.

사람은 언제나 비슷한 유형의 실수를 반복하니,

이미 했던 후회라도 반복하지 않겠다는 생각이었다.

그렇게 적어보니, 늘 반복한 후회가 있었는데,

나이에 대한 조바심이 그랬다.

분명 청춘이었던 20대 내내 나는 조바심이 났다.

앞으로 살아갈 날 중엔 지금이 제일 젊은 날이라지만,

지금껏 살아온 날 중엔 지금이 제일 늙은 날이다 보니,

새로 바뀐 나이는 늘 부담스러웠고,

싸이월드 미니 홈피에

'맙소사, 스물셋이라니'
같은 글을 쓰며 탄식하곤 했다.

물론 그 조바심이 전부 나쁜 건 아니라서,
몇몇 목표를 서둘러 달성하는 데 도움이 되기도 했다.
하지만 초조함은 시야를 좁혔고,
눈앞의 결과에만 매달리게 했으니
어떤 목표에도 1년 이상의 시간을 할당할 수가 없었다.
이미 나는 남들보다 조금 늦었고,
내 나이에 맞는 다수의 삶에서 너무 멀어지지 않도록 서둘러야 했다.
그렇기에 새로운 일이나
시간이 걸리는 도전은 할 수 없다고 말했다.
하지만, 스물셋이 되어보니, 스무 살의 앳됨이 보였고,
스물여섯이 되어보니, 스물셋의 가능성이 보였고,
스물아홉이 되어보니, 스물여섯의 청춘이 보였다.

20대뿐이랴.
40대에는 30대를 어리다 하고,
50대는 40대를 젊다 하며
60대는 50대를 한창때라 이야기한다.

지나고 보면 모든 날이 젊음이었다는 걸,
우리는 언제나, 뒤늦게 깨닫는다.
나는 반복되는 후회가 지겨웠기에
더 이상은 나이에 조바심 내지 않기로 했다.
나이에 쫓겨 서두르는 대신,
삶의 가능성을 제한하지 않기로 하자
시간을 들여 책을 쓸 엄두가 났고
드디어 같은 후회를 반복하지 않게 되었다.

어쩌면 당신도 그 시절의 나처럼,
새로 더해진 나이가 낯설어 조바심이 날지 모른다.
장기적인 꿈을 품기엔 시간이 없다고, 혹은
무언가를 시작하기엔 너무 늦었다고 이야기할 수도 있다.
하지만 곧 알게 될 테니,
지금이야말로 무엇이든 새롭게 시작할 수 있는 순간이라는 것을.
당신이 바라는 삶을 향해
조금씩 나아가기를 바란다.

미래의 당신이,
지금 당신의 시작을 응원할 것이다.

+

사람들이 내게 자주 했던 질문 하나.

"에세이 작가를 오래 하지 못하면 어떻게 할 건가요?"

한결같은 나의 대답은

"그러면 다른 일을 하면 되죠."

당장은 새로운 직업을 갖기 어렵지만

3년 정도의 시간을 두고 준비하면

새롭게 할 수 있는 일은 많다.

당신의 시작을 위해 시간을 주자.

삶은 망설이기엔 너무 짧고,

조바심을 내기엔 너무 길다.

〈조바심 처방전〉

5장

참지 말고 원활하게

마음을 언어로 표현한다는 것

우리 삶에 가장 필요한 위로는
화려한 언변도 재치 있는 비유도 아닌,
존재의 무게를 담아 그 마음에 머무르는 일이었으니.
그 진심이 우리가 서로에게 줄 수 있는 구원일 것이다.

무례함에도
과속 방지턱이 필요합니다

한 출판사 편집자가 조언을 구한 적이 있다.
권위적인 저자가 한 분 계신데,
어쩌다 미팅할 일이 있으면 늘 다짜고짜 반말을 하니
때론 자존감마저 떨어지는 느낌이 든다고.
이럴 때 참 어렵다.
나의 감정을 드러내는 게 내가 속한 조직에 불이익이 될 것 같을 때
혹은 어려운 상사나 중요한 클라이언트 앞에서
자본주의의 미소를 지켜야 할 때
가만히 있는 게 정말 최선의 선택일까.

심리학자 부부인 고영건, 김진영 교수의 책
《행복의 품격》에 따르면 삶에는 커다란 사건들보다
일상적 골칫거리가 더 치명적이라 이야기하는데,
삶이 파괴되는 건 고통의 총합이 아닌,

그 순간에 느끼는 무력감의 정도에 달려 있다고 한다.
이때 무력감은 고통스러운 상황에서
자신이 할 수 있는 게 아무것도 없다고 느낄 때 생겨난다.
그렇기에 매번 싸울 수는 없겠지만
삶을 지켜내고 무력감에 빠지지 않기 위해선
우리가 조금이라도 할 수 있는 무언가를 찾아야 한다.
좋은 방법이 있을까?

《정신적 폭력으로부터 나를 지키는 방법》이라는 책을 참고하면,
아주 쉬운 단어가 있다.
그건 바로, "네?"
여기에는 약간의 연기력이 필요한데,
싸우자는 건 아니지만 요즘 세상에도
이런 퇴행적 마인드를 가진 사람이 있다는 것에 대한
순수한 놀라움을 담아,
아주 짧게 "네?"라고 말하며 놀라는 거다.
놀랐다는 이유로 비난하는 사람은 없고,
어쩌면 우리의 마음을 전할 기회가 될 수도 있다.

물론 우리의 반응 따위는 전혀 개의치 않는 빌런들이 존재하니

특단의 강경책이 필요하겠지만

다행히 대부분의 사람은 자신이 이상해 보이는 걸 원하지 않는다.

우리가 상대와 약간의 마찰력을 만든다면,

그들이 괴물이 되지 않는 데 도움을 줄 수도 있다.

도로 위의 과속 방지턱처럼 약간의 불편함이

서로를 안전하게 하는 것이다.

이때, 잊지 말아야 할 건

갑에 대한 예의가 아닌, 인간에 대한 예의는 갖춰야 한다는 것.

종종 후회로 남는 자기표현은

표현했기 때문이 아니라 정중함을 잃었기 때문이다.

무례한 상대에게 친절할 필요는 없지만, 같이 무례해질 필요도 없다.

구겨진 표정으로 투덜거리거나 비열해지라는 게 아니라

정중하게, 내가 감정이 있는 사람이라는 걸 조금씩 알려주는 거다.

표현에 따른 불이익을 걱정하지만,

인간에 대한 예의와 정중함을 잃지 않는다면 문제가 될 건 별로 없다.

만약 그럼에도 불이익이 생긴다면,

그런 곳 혹은 그런 사람은

처음부터 떠나는 게 좋을 수 있다.

그러니 아주 작게라도 표현해보자.
무력해지지 않기 위하여.
서로의 존엄한 삶을 위하여.

우리는 누구나 자신을 지킬 권리가 있다.

그게 건강에 더 좋을 것 같아.

그걸 꼭 말로 해야 압니다

회사 후배였던 그녀에겐 오랜 친구가 있었다.
평소에는 좋은 친구였지만 누군가 그녀에게 칭찬하면
"애가? 난 전혀 모르겠는데"라고 정색하며
사람들 앞에서 깎아내리곤 했다.
그녀는 마음이 상해도 무조건 반사라도 하듯 어색하게 웃어넘겼고,
친구의 무례는 반복됐다고 했다.
왜 가만히 참고만 있냐고 묻겠지만,
사실 감정을 표현한다는 게 말처럼 쉽지가 않다.
그 이유는 문화에서 찾을 수도 있는데,
동양 문화에서는 말에 대한 부정적인 인식이 있다.

그건 교육과 진리 탐구의 방식과도 관련이 있을 텐데
서양의 진리 탐구 롤모델이 소크라테스라면
동양의 롤모델은 부처가 아닐까.

서양이 광장에 모여 토론을 통해 진리를 탐구해왔다면,
동양은 몸과 마음을 닦는 수행
즉, 성찰과 깨달음을 통해 진리를 추구해왔고,
말이 없는 사람을 점잖고 신중하다고 평가하곤 했다.

또 전체의 조화를 강조하는 우리 문화는
감정을 안으로 삭이고 억누르는 것을 성숙한 행동으로 여겼다.
부정적인 감정은 물론이거니와
웃을 때조차 입을 가리고 웃는 것을 예의라 배울 만큼
감정 표현의 절제를 요구했다.
마치 백 가지의 감정을 한 가지 표정으로 표현해내는
로봇 연기의 달인이 되어야 했다고나 할까.
그러다 보니 진의를 숨긴 의례적인 표현도 많고,
목소리의 톤, 전후 맥락, 미세한 표정의 변화 등
두리뭉실한 신호로 상대의 의도를 판단하는

간접적인 의사소통 방식이 발달하게 됐다.

과거에는 한 마을을 이루는 사람이 몇백 명 수준이었고

동일한 문화와 가치관, 예의범절을 공유했으니

말하지 않아도, 심지어 반대로 말해도

어느 정도는 알아듣는 게 가능했을 것이다.

하지만 지금은 사회적 합의나 개인의 상식이 천차만별이고,

전혀 다른 환경에서 살아온

수많은 사람과 끊임없이 관계를 맺기에

타인에게는 상식이 나에게는 무례일 때도 있고,

나에게는 선의가 타인에게는 오지랖일 때도 있다.

이심전심을 기대했지만 실상은 동상이몽인 거다.

게다가 또 다른 문제는 표현되지 못한 감정이

사라지지 않는다는 데 있다.

무의식 속에 쌓인 감정은 느닷없는 분노로 표출되곤 하는데

관계 끊기, 고의적인 실수, 은연중에 탓하기 등

수동적인 공격 형태를 띠기도 하고

때론 애꿎은 이를 향한 묻지마 분노로 표출되기도 한다.

어떤 이들은 극도의 인내심으로 화를 삭이려 하지만,
해소되지 못한 분노는 결국 자신의 몸으로 향하기에
구토와 같이 거절을 상징하는
신체적인 병증이나 우울증으로 나타나기도 한다.

감정의 은폐는 우리를 피해자로 만들거나, 가해자로 만들거나,
혹은 그 둘 모두로 만들어버린다.
물론 불편한 모든 감정을 표현할 수는 없고,
지나갈 수 있는 감정은 흘려보내는 것도 좋겠지만,
마음의 창고에 계속 감정을 쌓아만 두면,
더는 들어갈 자리를 찾지 못한 감정이
어떤 형태로든 문제를 일으킨다.

갈등을 피하기 위해 침묵하는 건
그저 갈등을 다른 형태로 만드는 것이고,
분노로 관계를 망가트리거나 참다가 병이 나는 것 모두
건강한 자기표현을 배우지 못한 비극인 것이다.
그렇기에 익숙하지 않아서, 상대의 반응이 두려워서, 방법을 몰라서,
어색하고 힘들게 느껴지겠지만
감정을 표현하는 연습을 해야 한다.

그걸 꼭 말로 해야 하냐고 묻고 싶겠지만,
그걸 꼭 말로 해야 할 때가 있다.

건강하고 원활한 관계를 위하여,
당신의 마음을 위하여.
삶에 당신의 목소리가 필요한 순간이다.

제대로 표현하는 법을 배우지 못하면,
누구를 만나도 괴로울 수밖에 없어요.

마음을 물어주세요

유튜브 영상을 보는데 한 댓글이 눈에 들어왔다.
힘든 일이 있어서 친구에게 털어놨더니
친구가 "너만 힘든 게 아니야. 다들 견디며 사는 거야"라고 말했고,
그 말은 전혀 위로가 되지 않았다고 했다.
사실 나는 뜨끔했는데, 나 역시도 친구의 고민에
"나도 그랬다, 다 그렇게 산다. 힘내라"라는 식으로 답하곤 했다.
내 딴에는 해결책이 되길 바라며 한 말이었지만,
당시 친구의 표정을 떠올려보면 도움이 되진 않았던 것 같다.

《왜 착한 사람에게 나쁜 일이 일어날까》의 저자 해럴드 쿠슈너 역시
자기 아들이 죽어갈 때 들은 사람들의 위로가
오히려 자신을 고통스럽게 했다고 한다.
그런데 돌이켜보니 자신도 20년간 다른 사람들에게
똑같은 위로를 해왔었다고.

알고 보면 위로와 공감의 실패는 참 흔한 일이다.
왜 공감은 어려운 걸까?
대체 어떻게 해야 제대로 된 위로를 할 수 있는 걸까?

《당신이 옳다》에서 정혜신 박사는
타인의 고통을 들을 때 충고, 조언, 평가, 판단을
조심해야 한다고 말한다.
이 내용을 바탕으로 실전 문제를 내보겠다.
아이가 만약 친구와 다투고 왔다고 쳐보자.
여기서 어떤 말이 공감을 위한 말하기라 생각하는가?

1. 너는 누굴 닮아서 맨날 싸우니?

2. 친구랑 사이좋게 지내야지. 네가 먼저 미안하다고 해.

3. 왜? 뭐 때문에 싸웠어? 다른 친구는?

4. 괜찮아. 나도 어렸을 때 친구들이랑 많이 싸웠어.

아마도 우리는 이 중 하나의 말을 들으며 자랐을 테다.
그럼 공감의 이야기는 뭐였을까.

사실 여기까진 페이크였으니,
상대에게 가장 먼저 필요한 건
"괜찮아? 지금 마음이 어때?"라고 그 마음을 물어주는 말이었다.
위로나 조언이 필요할지라도 우선은 상대가 충분히
자신의 마음을 이야기할 수 있도록 물어야 하는 거였다.
그런데 많은 순간 우리는 상대의 이야기를 듣고 공감하는 대신
상대에게 답을 주고, 문제를 해결해야 한다는 생각에 사로잡혀
상대의 말을 들으면서도 여전히 자신의 세계에 머무르곤 한다.
그래서 이 쉬운 질문을 하지 못한다.
왜 그랬을까?
우리도 그런 말들 속에서 자랐으니까.
다른 이들도 우리의 마음을 물어주지 못했으니까.
그래서 우리 역시 상대의 마음을 묻는 건 맨 나중으로 미뤘다.

충고나 조언을 얻을 수 있는 곳은 많다.
책이 있고, 훌륭한 강연이 있고,
명언이나 좋은 글귀는 SNS에 넘쳐난다.

그 말들이 부족한 게 아니었다.
"남들도 다 힘들다", "다 그러고 산다"는 걸 모르지 않는다.
그 사실을 알지만 그래도 지금 너무 힘든 것뿐이고,
곁에 있는 이들에게 필요한 건 말이 아닌 존재의 위로였다.

그러니 만약 힘든 누군가의 곁에 있다면, 해결책을 주는 대신
상대가 충분히 말할 수 있도록, 그 마음에 물어주자.
"네 마음이 그랬다면 분명 이유가 있었을 것"이라고
상대의 마음을 수용해야 한다.
논리적이고 이성적인 조언 없이도
충분히 공감받았을 때, 상대는 스스로 답을 찾을 수 있다.

장자가 말하길 진정한 공감은 마음을 비우고
자신의 존재 전체로 상대의 말을 들어주는 것이라 했다.

우리 삶에 가장 필요한 위로는
화려한 언변도 재치 있는 비유도 아닌,
존재의 무게를 담아 그 마음에 머무르는 일이었으니.
그 진심이 우리가 서로에게 줄 수 있는 구원일 것이다.

지하철 승강장에서 한 취객이 난동을 부려서
경찰과 실랑이를 벌이고 있었다.
그때 한 청년이 다가오더니
막무가내인 취객을 꼬옥 안아주며 토닥여주었다.
그러자 방금까지 소리를 지르던 취객은 금세 누그러져
청년의 어깨에 고개를 떨궜다.

화난 줄 알았지만,
사실 어른도 아이처럼,
안아달라고 외치는 중이었는지 모른다.

일단 표현해야
상대의 진가를 안다

내 불편한 감정을 표현하면서도
갈등이 절대 생기지 않는 방법을 묻는 사람들이 있다.
절대 갈등을 만들지 않는 천상의 화법.
물론 몇 가지 지침은 있겠으나, 그게 가능할까.

세상은 정말 신기한 곳이라,
우리의 말은 상대의 경험에 따라 전혀 다르게 번역되기에
아무리 사려 깊게 표현할지라도,
상대의 반응을 내가 통제하고 예측할 순 없다.
어떤 이들은 우리의 마음을 살피고 이해하려 노력하겠지만,
어떤 이들은 우리가 NO라고 말하는 순간,
마음에서 불편함을 꺼내는 순간 우리 곁을 떠날 수도 있다.
하지만 우리에게 YES만을 요구하는 사람,
우리의 마음을 살피려는 노력을 하지 않는 사람이라면,
그 관계가 우리에게 기쁨일 수 있을까?

게다가 우리가 감정을 표현해야 하는 가장 큰 이유는,
표현해야 상대의 진가를 알 수 있다는 데 있다.
결국은 허탈함만 남을 관계에 절절매고 있었던 것일 수도 있지만,
내 마음을 이해하기 위해 노력할 수 있는 사람을
악당으로 오해하고 있을 수도 있다.
표현의 두려움이 관계의 가치를 절하하고 있을 수도,
불필요한 분노를 만들고 있을 수도 있는 거다.

관계는 두 사람이 하는 공놀이와 같기에
서로 주고받을 때 놀이이고, 즐거움이다.
상대는 내게 공을 던지는데 나는 조금도 받아치지 못하면,
그때부턴 놀이가 아닌 폭력이 되고,
상대는 본인의 의도와는 무관하게 가해자가 되어버린다.
그러니 상처 내기 위함이 아닌, 더 깊은 유대를 위하여
당신의 마음을 표현해보자.
상처가 되지 않도록 표현하는 것은 우리의 몫이지만,
어떻게 받아들일지는 상대의 몫이다.

갈등을 만들지 않는 것보다 중요한 건
갈등을 해결하는 방법을 배워가는 것이며,

갈등을 이야기하고 해결할 수 있을 때,

이 정도에는 관계가 깨지지 않는다고 안심할 수 있다.

그리고 그 안도감을 우리는 신뢰라 부른다.

+

사랑하는 사람이 자신을 함부로 대하는 데도

가만히 있는다면 당신은 결국 그들을 미워하게 될 것이다.

_앤드류 매튜스

심 각

타인을 오해하지 않기 위해 필요한 건
타인에 대해 더 많이 아는 게 아니라
자신의 무지에 대해 아는 것이다.

나만의 분노 조절 장치를
만들 것

고민 상담을 하는 한 예능 방송에
화를 참을 수가 없다는 사연자가 나왔다.
예전에는 화가 나도 꾹꾹 눌러 담았지만
오해를 받아 피가 거꾸로 솟는 경험을 한 이후로
할 말은 하고 살아야겠다는 결심을 하게 됐다는 거였다.
그런데 한번 표현하다 보니 화를 주체하기가 힘들었고,
팀장님을 호출하는 것도 불사하며 이곳저곳에 화를 표현하자,
한때 강아지라 불렸던 그녀는 이제 도사견으로 불린다고 했다.

화를 무조건 틀어막기만 해선 안 되지만
계속해서 터져 나온다면 그것 역시 문제다.
언제나 잠겨 있는 수도꼭지도,
아무 때나 콸콸 쏟아지는 수도꼭지도 망가진 건 똑같다.
중요한 건 분노의 방식과 정도의 문제인데,
해안에 다른 나라 어선 한 척이 넘어왔다고

미사일을 쏠 수는 없다.

지성인인 우리는 상대에게 신호를 주고,

그럼에도 침범이 계속될 때 '진돗개 셋'을 발령해야 한다.

그럼 어떻게 해야 분노를 조절할 수 있을까.

《결국, 감정이 문제야》의 저자 마르코 폰 뮌히하우젠은

외부의 계기와 '이런 일에는 당연히 화를 내야지'라는

확신이 맞물릴 때 사람들이 화를 낸다고 말한다.

이때, 화를 내지 않고

다른 반응을 할 수 있다는 사실은 깨닫지 못한다.

하지만 '분노 조절 장애'라며 묻지마 칼부림을 하는 사람도,

마동석 같은 체격의 형님들 앞에선 '분노 조절 잘해'가 될 수 있듯이,

분노에는 선택의 영역이 있다.

이 선택의 영역을 스스로 결정하는 게 분노 조절의 핵심이다.

이를 위해선 화낼 일과 화내지 않을 일을 구분하는 기준이 필요하다.

우선, 타인이 함부로 헤집을 수 없는 경계가 있어야 한다.

경계가 없이는 손쉬운 피해자가 될 수 있고

때로는 무력함에 스스로를 손상시킬 수 있기에

절대 양보할 수 없는 자기 보호의 경계를 찾아야 한다.

다만, 공격받는 그 순간에는 굳어버릴 수 있기에
평소에 미리 자신의 분노 영역을 정해두는 편이 좋다.
이웃에 대한 믿음을 실천한다며
대문을 열어놓고 지낼 수는 없듯이
각자 자신의 경계를 지키는 게 필요한 것이다.

하지만 경계만 두텁게 쌓다 보면, 결과는 고립이다.
늘 경계하며 날을 세우고 피해를 보지 않을까 전전긍긍하면
예민함과 피로함에 오인사격도 쉽게 생긴다.
규칙이 엄격하면 가장 먼저 지치는 건 심판이다.
그래서 필요한 게 바로 허용치다.
'그럴 수도 있지'라는 허용치가 없으면,
불필요한 분노로 우리 자신을 소진하게 된다.

그런데 이 기준선이라는 게 법률로 정해져 있을 리 없고,
매번 네이트 판에 화를 내도 되는지
확인을 구할 수도 없으니
결국 우리가 스스로 결정하고 책임져야 한다.

그러면 어떻게 해야 내게 맞는 기준선을 찾을 수 있을까?

그건 후회와 무력감의 순간들로 만들어진다.

숱한 밤, 아무 말 하지 못한 자신이 무력하게 느껴져
이불킥을 해야 했다면,
혹은 화내버린 순간이 내심 후회가 됐다면,
그 경험이 나의 기준을 알아가는 과정이 된다.
그 후회의 순간들을 되짚으며 이제 다른 선택을 해보자.
경계와 허용치가 포함된 당신의 기준선이
이제 당신을 지켜줄 것이다.

편안한 관계를 위해선
내가 편안할 수 있을 만큼의 경계와
상대가 편안할 수 있는 만큼의 허용치가 필요하다.

나를 지킬 수 있는 언어

인터넷에서 '못된 직장 상사 대응법'이라는 글을 본 적이 있다.
상사의 인정 욕구를 충족시키며
자신의 입장을 이야기하라는 내용인데,
"팀장님 정말 대단하시네요.
어떤 게 부족한지 알려주시면 고치겠습니다" 같은 예문들이 있었다.
그런데 댓글들을 읽어보니,
현실성이 없다는 반응이 많았다.
'네가 내 상사를 만나봐라. 그 말이 나오나.'

개그우먼 김숙이 미용실에서 드라이가 뜨겁다는 표현을
"고기 탄다. 고기 타~"로 표현하는 걸 보면,
솔직하면서도 위트가 있다.
그런데 막상 내가 따라 하려니 어딘가 어색한 건 사실이다.
화법 책의 사례나 예문의 한계가 바로 이 지점이다.
내가 겪는 상황이나 상대에 딱 맞아떨어질 수 없을뿐더러,

나에게 꼭 맞는 언어도 아니다.

사실 완벽한 창작은 없고

원칙을 설명하기 위한 예문은 도움이 된다.

하지만 예문일 뿐, 완벽한 대본이 아니다.

관계에 대해 정확한 답을 찍어주는 일타 강사는 없고,

설령 어떤 화법의 매뉴얼이 완벽하다 해도

모든 사람이 사용한다면

"사랑합니다. 고객님"처럼 형식만 남을 뿐, 힘을 잃게 된다.

그렇기에 가장 중요한 건 기본적인 원칙은 지키되,

나에게 맞는 언어로 만드는 것이고,

그러려면 응용과 연습은 필수다.

내 경우에는 화가 나는 상황에 직설적으로 표현할 때가 있는데,

화낼 만했다는 생각이 들어도,

어딘가 찝찝한 기분이 남는다.

그래서 상대의 행동이 아닌
나의 감정에 초점을 맞추라는 원칙을
내 언어에 적용했는데,
"황당하다", "뭐 하시는 거냐" 같은 표현이 나오려 할 때,
"당황스럽다", "난처하다" 같은 표현으로 바꾸어 말했다.
그렇게 하니 내 감정을 표현하면서도
후회할 일이 줄어들었다.

우리는 삶을 개선하기 위해 많은 것을 배운다.
카드 할인 받는 법을 배우기도 하고,
인도네시아 요리를 배우기도 하고,
운전하는 법을 배우기도 한다.

그런데 우리의 언어만큼
삶에 많은 영향을 미치는 게 있을까?

화법은 천성이 아닌 기술이다.
저절로 완성되지 않으니
타고난 것이라 어쩔 수 없다고 여겨선 안 된다.

조금 더 매끄럽게 이야기하는 법을 배우고
나를 지킬 수 있는 언어를 발견하며
연습하고 수정하고 시도해나가자.
나를 지켜주는 언어는 그렇게 만들어진다.

+

말하라, 모든 진실을.
하지만 말하라, 비스듬히.
_에밀리 디킨스

자, 각자 만들어봅시다.

표현에도 준비운동이 필요해

우리 동년배들은 다 알 만한 드라마 〈파리의 연인〉에서
기주는 사람들 앞에서 숨어버린 태영에게 이렇게 말한다.
"왜 말을 못 해. 이 남자가 내 남자다! 왜 말을 못 해!"
그때 태영은 이렇게 말했으니,
"그걸 어떻게 말해요!"

현실 속 전개는 너무나 다르겠지만,
'말을 하지 그랬어'와, '그걸 어떻게 말해?' 사이의 싸움은
마치 모든 걸 뚫을 수 있는 칼과 모든 걸 막을 수 있는 방패처럼
오랜 세월 이어졌다.
대체 왜 자신이 원하는 걸 말하지 못할까?
그건 아마 내가 원하는 걸 나도 잘 모르기 때문이 아닐까.

우리는 자신의 욕구를 이해하고 읽어내기보다는
의심하고 억압하도록 교육받았고,

화, 슬픔, 외로움, 수치심과 같은 불편한 감정은
비교적 안전한 '가짜 감정'으로 위장되어 표현되었다.
이 때문에 우리의 마음과 행동 사이에는 괴리가 생겼는데,
때론 마음과는 다른 말이 튀어나오기도 했으며
내 마음을 나조차 알 수 없으면서도
상대가 알아주길 바라곤 했다.

그런데 상대가 선녀 보살이 아닌 이상,
나조차 인식하지 못하는 마음을 알아줄 수는 없고,
제대로 표현하지 못하여 충족되지 않은 욕구는
상대에 대한 비난으로 흐르기 쉬웠다.
그렇기에 원활한 관계를 위해서는
자신의 마음을 제대로 이해하고 표현할 수 있어야 한다.

그러려면, 내면의 목소리에 대한 관찰이 필요하다.
자신의 진짜 감정을 알아차려야,
감정에 담긴 자신의 욕구도 찾을 수 있다.
예를 들어, 누군가에게 서운함을 느끼면
그 안에는 '존중받고 싶다', '친밀감을 느끼고 싶다'와 같은
욕구가 담겨 있을 것이다.

마음에 대한 어휘를 늘리며,

자신의 진짜 감정이 가리키는 좌푯값을 찾아야 한다.

때론 인정하고 싶지 않은 불편한 감정도 있겠지만,

인정해야 비로소 그 감정을 다룰 수 있다.

그렇게 자신의 내면을 이해하게 된다면

상처 주지 않으며 마음을 표현하는 연습이 필요하다.

나는 여러 가지 방법 중

마셜 B. 로젠버그의 비폭력대화법을 추천한다.

'너'가 아니라 '나'를 중심으로 말해야 하는데,

이건 상대를 평가하는 건 피하고,

행위와 사실만으로 내 느낌과 욕구를 표현하는 말하기 기술이다.

예를 들어, "너는 나를 무시한다"와 같은

상대를 판단하는 문장을

"내가 말할 때 네가 TV를 보면서 대답하면(관찰)

나는 너한테 존중받고 싶었는데(나의 욕구)

그렇지 못한 것 같아서 서운해(나의 감정)"라는

문장으로 바꾸는 것이다.

또한, 욕구를 충족시키기 위해서 부탁을 덧붙일 수도 있다.
"~하지 마라"라는 금지의 언어보다는
"~해주면 좋겠어"라는 긍정의 언어를 사용하며
자신이 원하는 바를 가능한 구체적으로 표현하는 것이 좋다.
"나를 존중해줘"와 같은 추상적 표현 대신,
"TV가 아니라 나를 보면서 대답해줄 수 있겠어?"라고
말하는 것이다.

물론, 처음에는 어색하고 어려울 수 있다.
하지만 자신의 마음에 대해 알아가고,
상처 주지 않는 언어를 배울 때,
비로소 자신의 감정을 다룰 수 있고 타인과 더 깊이 연결될 수 있다.
그러니 자신의 마음을 묻고, 새로운 표현 방식을 익혀보자.

표현에도 준비운동이 필요하다.

+

자신의 감정과 상황을 종이에 적으며 객관적으로 관찰하고,
자신이 할 말을 써보면서 전달하는 연습을 해보자.
누구나 연습하다 보면 익숙해진다.

관계는 혼자 노력한다고 달라지지 않는다.
하지만 먼저 노력하면 달라질 수 있다.

사람은 고쳐 쓸 수 없어요

EBS에서 방영한 〈달라졌어요〉는 전문가의 상담과 교육을 통해
가족 문제의 해결책을 찾는 프로그램으로
여러 부부의 갈등 상황을 엿볼 수 있다.
미래를 준비하지 않는다는 이유로 남편을 끊임없이 지적하는 아내,
반찬 통 하나 사는 것까지 비난하는 남편 등.
집집마다 사정은 달랐지만 비슷한 패턴이 존재했다.
대부분은 상대를 바꾸기 위해 비난을 했고,
상처 입은 상대는 비난으로 되갚는 식이었다.

나도 비슷한 경험을 했는데,
남자친구를 만나며 몇 달을 같은 문제로 싸운 적이 있다.
나는 용납할 수 없는 부분이 있으니 네가 고쳐야 한다고 말했고
바꾸지 않으면 이 관계를 지속할 수 없다고 말했다.
단기적으로는 이 싸움의 승리자가 나인 것처럼 보였지만
그 뒤로 남자친구는 자주 불만을 표현했고,

한동안 상처의 핑퐁 게임이 이어졌다.
대체 왜 사랑하는 이들조차 이런 갈등을 반복하는 걸까?

우리는 '맞다', '틀리다', '해야 한다', '하지 말아야 한다'처럼
잘잘못을 따지는 도덕주의적 판단*에 익숙했다.
어린 시절부터 개별성을 존중받지도 못했고,
서로 원하는 것을 마음에서 우러나와 주고받지도 못했다.
그런 우리는 상대가 바뀌어야만 문제가 해결되리라 생각하고
때론 나의 기준에 맞추는 것을 사랑의 증거라 여기며
예리하게 비난하고 집요하게 강요하면
상대를 바꿀 수 있을 거라 믿었다.
하지만 그건 우리가 가진 자율성의 욕구를 과소평가하는 거였다.

* 마셜 B. 로젠버그는 《비폭력대화》에서 과거 소수의 지배자가 대중을 지배하기 위해서는 노예처럼
사고하도록 교육해야 했고, 도덕주의적 판단이 여기에 적합했다고 말한다. 다만, '가치 판단'과 '도덕주
의적 판단'을 혼동하지 말라고 당부했다. 정직, 평화, 사랑과 같은 가치에 대한 판단은 서로의 욕구를
충족하는 데 바람직한 방법이다.

비난과 강요는 수치심을 만들고,

브레네 브라운의 《수치심 권하는 사회》에 따르면

수치심을 느낀 사람은 더욱 자기 파괴적인 행동을 한다.

상대를 비난하고 모욕함으로써 수치심을 전가하려 하거나

오히려 비난받은 행동을 강화하며 상대의 마음을 외면하는 거다.

때론 상대가 받아들이는 것으로 보일 수 있지만

내면에는 분노가 남고 강요는 반드시 대가를 치른다.

사람은 고쳐 쓸 수 없다.

그런데 이 말은 변하지 않는 상대에 대한 자조적 체념이 아닌,

어느 누구도 우리가 원하는 대로 강제할 수 없다는

겸손의 깨달음이어야 했다.

그 뒤로 나는 오랜 요구를 중단하고

내가 관계에서 가장 원하는 게 무엇인지 고민했다.

돌이켜보면 우리는 있는 그대로의 자신으로 수용되지 못했고,

나 역시도 누군가의 판단과 비난에 상처를 입었다.

그런 내가 정말 바란 건 삶이 고단하더라도

서로의 안식처가 될 수 있는 사랑의 공동체가 아니었을까.

상대의 모습을 있는 그대로 인정하려 노력해야,
상대에게 바라는 게 있을 때도
강요가 아닌 애정을 바탕으로 부탁할 수 있었다.
꼬리표 붙이기나 비교와 같은 판단의 언어가 아닌
사랑과 연민의 언어를 배울 수 있었고,
상대 역시 관계가 소중해질수록 더 많은 노력을 했다.

사랑은 정교한 관계의 영역이기에 결코 쉽지 않다.
그러나 내게 딱 맞는 완벽한 상대가 따로 존재하는 게 아니었고,
상대를 바꾸려 하지 않아도 관계는 달라질 수 있었다.
사랑할 수 있는 사람을 발견하는 것보다 중요한 건
내가 발견한 사람을 사랑하는 일이다.

사랑을 멀리서 찾지 말자.
사랑해서 노력하는 게 아니라,
사랑하기 위한 노력이 필요하다.

우리는 누구도 바꿀 수 없다.
다만, 서로에게 닮아갈 뿐이다.

억압의 이어달리기를
끝내봅시다

엄마의 표현에 따르자면, 나는 꼬박꼬박 말대답을 한다.
그러면 엄마는 "그러다 나중에 시집가서 쫓겨난다"라는
말을 하곤 했다.
이 말은 "딱 너 같은 자식 낳아봐라"와 함께
엄마들의 유행어 랭킹 상위권을 차지하지 않을까.

하루는 이 익숙한 말을 듣는데, 마음에서 불편함이 느껴졌다.
엄마들은 대체 왜 자식에게 '쫓겨난다'는
시대착오적인 악담을 하는 걸까.
아마도 그건, 엄마도 엄마의 엄마에게 들었기 때문이겠지.
엄마의 엄마는 엄마의 엄마의 엄마에게.
이 말을 계속 들으면 자기표현을 할 때마다
버림받을 수도 있다는 두려움이 마음에 스며들 것만 같았다.
그런 생각이 들자 엄마에게,
"내가 나중에 시집가서 쫓겨날까 봐

무서워하면서 살면 좋겠어?"라고 물었다.

당연히, 아닐 테다.

잠시 말이 없던 엄마는 그 뒤로 단 한 번도

그 이야기를 하신 적이 없다.

사실 정체성에 대한 유형화와 억압은 어디에나 있었다.

주로 여성에게는 "여자애가 목소리가 크면 안 돼"라는 말로 욕구를,

남성에게는 "남자는 울면 안 돼"와 같은 말로 감정을 억눌렀다.

이 오랜 억압은 자신을 옭아매고

사랑하는 이들에게까지 대물림하게 된다.

그래서 알아차리는 게 중요하다.

이 말이 내게 어떻게 남겨질지에 대하여.

내가 느끼는 불편함이 무엇을 의미하는지에 대하여.

만약 그 말들이

불안, 상처, 갈등의 씨앗이라면

당신이 끊어낼 수 있어야 한다.

씨앗이 마음에 뿌리내리지 않도록.

적어도 당신이 사랑하는 사람에게 전해지지 않도록 말이다.

여기까지만 하겠습니다.

싸움을 멈추는 방법

많은 사람이 말다툼을 시작하면 마치 라디오가 된 것처럼
상대의 말은 듣지도 않고 자기 말만 반복한다.
자세히 들어보면 결국은 내 말을 인정해달라는 외침인데,
상대도 같은 말만 하며 상대를 인정하지 않으니,
갈등은 계속될 수밖에 없다.
이런 상황을 전환시킬 수 있는 치트키는
상대의 말에서 작은 진실이라도 발견하면
"그럴 수도 있겠다. 네 말이 옳다"라고 인정해주는 것이다.
상대의 말을 인정한다고 해서
내 말이 틀린 게 되어버리거나 내가 가해자가 되는 건 아니다.

내 경우에도 자기방어를 멈추고, 상대를 인정하자
상대 역시 내 목소리를 듣기 시작했고,
결국에는 내 마음도 인정해주었다.

하지만 이 방법을 사람들에게 알려주어도
대부분 '그러고 싶지 않다'는 대답이 돌아왔다.
왜 그럴까.

그건 싸움에도 지배욕, 자기애 충족, 복수심,
자기 동정, 정의, 책임 회피 등
수많은 보상이 존재하기 때문일 테다.
지루한 평화보다 시끄러운 다툼에서
자신이 살아있음을 확인하는 것이다.
그래서 많은 이가
싸움을 중단하는 방법을 알면서도 싸움을 지속하고,
고통받을 것을 알면서도 싸움을 택한다.
하지만 우리가 관계를 통해 얻으려 했던 건
싸움을 통한 은밀한 보상이 아닌
서로의 안식처가 되어주는 일 아니었을까?

상처뿐인 만족감 때문에
깊은 유대와 애정을 잃어버려도 괜찮은가.
사랑은 인내의 가치를 믿을 때만 얻을 수 있다.
관계에 있어 수많은 기술이 있겠지만
가장 중요한 건 갈등의 순간에 사랑을 택하는 용기다.

사랑을 원한다면, 사랑을 택하자.

+

지옥을 만드는 방법은 간단하다.
가까이 있는 사람을 미워하면 된다.
천국을 만드는 방법도 간단하다.
가까이 있는 사람을 사랑하면 된다.

_백범 김구

사람은 평화를 견디지 못해서
싸움을 택한다.

평화를 견디는 힘이 필요해.

6장

냉담해지지 말고 다정하게

사랑을 배운다는 것

오랫동안 너무 애써온 당신에게

삶에서 스스로를 소외시켰던 당신에게

이제는, 다정해도 괜찮다.

번아웃 금지

학창 시절 우리 집에는 서울대생 합격 수기집이 있었다.
얼마나 열심히 공부해야 서울대에 갈 수 있는지
알려주는 게 대부분이었는데,
예를 들면 하루에 네 시간밖에 못 자서, 코피 나는 게 일과였지만
코를 틀어막으며 영어 단어를 외웠다는 일화 같은 거였다.
나는 15수를 해도 서울대에는 갈 수 없을 것 같았지만,
이렇게 열심히 공부하는 사람들이 있다는 사실에 감명을 받았다.
지금 생각해보면 이건 일종의 고통에 대한 미화였는데,
링거를 맞으며 일에 매진하는 사람을 보면 프로답다고 평가했고,
하루에 방울토마토 열 개를 먹으며 살을 뺀 연예인은
의지가 강하다고 여겼다.

치열한 경쟁에서 승리하는 사람은
강박적으로 완벽주의자일 때가 많았기에
성공한 이들이 자신의 몸을 혹사하며

목표를 달성한 일화는 미담이 되곤 했다.
나 역시 3일 밤을 새워 일하기도 하고,
쉬지 않고 일하는 걸 노동의 플렉스로 여기기도 했는데,
나이를 먹고 보니, 주변에선 조금씩 탈이 나기 시작했고,
나도 계속 이렇게 살다간 요절할 수도 있겠다는 생각이 들었다.

《우리의 불행은 당연하지 않습니다》에서 김누리 교수는
한국 사회를 자기 착취 사회라 설명하며
과거에는 노예의 감독관이 외부에 존재했지만
지금은 우리가 감독관을 내면화했다고 말한다.
타인에 의한 착취는 저항심을 만들지만,
자기 착취는 죄의식을 만든다.

많은 이가 자신을 자원으로 삼아 스스로 속박하는 삶을 택했고,
자신을 충분히 착취하지 못한 이들은 죄의식에 시달렸다.
그 결과, 사회는 점점 발전했고, 우리는 매우 열심히 살았음에도
정작 행복에 닿기는 점점 어려워지는 이상한 상황이 벌어졌다.
물론 우리 사회에도 여러 이점이 존재하지만,
개인의 착취로 지탱되는 사회가 건강할 수는 없고
한계를 넘은 시스템은 언젠가 붕괴한다.

한계를 넘으면 일시적으로는 강인해 보이겠지만,
장기적으로는 고장의 원인이 되는 것이다.
그렇기에 필요한 건
나의 한계를 알고 자신에게 맞는 속도를 찾아가는 일이다.

저마다 배터리 용량이 다르듯,
우리의 체력도, 충전의 주기도 서로 다를 수밖에 없고
배터리의 잔여량은 남과 비교해서 알 수 있는 게 아니다.
자신의 몸과 마음이 보내는 신호를 예민하게 살피고
자신의 삶에서 회복을 위한 시간과 방법을 확보해야 한다.
불필요한 죄의식에서 벗어나야 하며,
자신에게 편안함을 허락할 수 있어야 한다.
성과와 효율성을 넘어서는 지속 가능성과
인간적인 시스템에 대한 논의가 필요하다.
꿈도 열정도 성취도 좋지만,
가장 중요한 건 언제나 나 자신이다.

당신은, 당신을 아낄 수 있어야 한다.

아카데미 시상식에서 봉준호 감독이
<기생충>으로 4관왕을 한 후,
"영화감독을 꿈꾸던 열세 살의 자신을 만난다면
뭐라고 말해주고 싶나요?"라는 질문에,

일찍 자라.

몸이 안 좋아..

화해의 기술

드라마 〈멜로가 체질〉에서
연인이 된 진주와 범수 사이에 처음으로 작은 다툼이 생겼다.
범수가 전 연애의 기억을 끌어와서 과민반응을 한 게 문제였다.
현실에서 흔하게 발생할 수 있는 사소한 다툼.
그런데, 앞서 걷던 진주는 걸음을 멈추고는,
범수에게 왜 빨리 오지 않느냐고 이야기한다.

그러자 범수는 당황한 듯 묻는다.
"이렇게 멀어지다가, 오늘은 헤어지고, 밤새 후회하고,
내일 또 사과하고, 뭐 그런 흐름 아니었어요?"
그때 진주는 이렇게 말한다.
"나에게 오라."
어리둥절한 범수는 진주에게 달려가며
둘은 어느 드라마에서도 본 적 없는 초고속 화해를 한다.

친밀한 관계에서 싸움은 필연적으로 생겨나고
때론 숨겨둔 서로의 진심을 이야기하기 위해 싸움도 필요하다.
하지만 누가 먼저 잘못했는지, 누가 더 옳은지
잘잘못을 논하며 불필요한 상처를 낼 때는,
뻔하고 식상한 전개와 소모적인 논쟁이 지속될 때는
고르디아스의 매듭처럼 싹둑 잘라버리는 게 답일 수 있다.

어차피 화해라는 결론이 정해져 있다면,
상대의 나쁜 점보다는 좋은 점이 더 많다면,
뭐가 됐든 우리가 사랑하는 사람이라면,
갈등의 회피나 감정의 일방적 억압이 아닌,
덜 상처 주기 위한 화해의 기술이 필요한 거다.
사소한 논쟁보다 상대가 더 소중하다는 마음을 담아서 이야기하자.

"그대, 나에게 오라."

+

늘 어느 한쪽이 일방적으로 승리한다면,
그건 관계가 병들었다는 증거다.

누구도 지지 않는 싸움을 하세요.

엄마의 기본값

얼마 전에 한국에 거주하고 있는 외국인들이 게스트로 나온
팟캐스트 방송을 들었다.
방송 중에 누군가가 '엄마'를 생각하면 슬프지 않냐고 물었는데,
다들 엄마를 생각하는데 왜 슬프냐는 반응을 보였다.
엄마는 고국에서 잘 살고 계시다고.
이럴 수가. 우리는 캠프파이어를 하다가도,
엄마 이야기만 나오면 다들 서럽게 울지 않았던가.

우리는 왜 그렇게 엄마를 생각하면 슬픈 걸까.
우리에게 '엄마' 하면 떠오르는 이미지는
'희생', '무조건적인 사랑'이다.
아파도 아프다고 하지 않고, 힘들어도 힘들지 않다고 하고,
그 맛있는 짜장면도 싫다고 말해야 했던, 위대한 엄마의 모습.
자식에 대한 보편적인 사랑을 넘어선 '희생'은
대체 어디에서 왔을까?

EBS 〈다큐프라임 - 마더쇼크〉 제작진은 100명의 엄마들에게
'엄마라면'이라는 어절을 주고 문장을 완성해보라고 했다.

그때 엄마들이 완성한 문장은
'엄마라면 항상 아이 옆에 있어야 한다'
'엄마라면 헌신해야 한다'
'엄마라면 맛있는 건 자식에게 줘야 한다'
'엄마라면 힘들어도 내색하지 않아야 한다'
'엄마라면 항상 참아야 한다'였고
심지어 '엄마라면 나의 삶을 포기해야 한다'는 문장도 있었다.
엄마들이 생각하는 엄마의 조건은 인권유린에 가까웠지만
대부분의 참가자들은 그저 '엄마니까' 그렇게 해야 한다고 답했다.

여기에는 많은 문제가 따라오는데,
희생적이고 무조건적인 사랑을 보내는 이상적 존재가

엄마의 기본값이 되어버리면
일단은 엄마가 힘들다.
좋은 엄마가 되기 위해서는 끝없는 임무를 완수해야 하는데,
각종 정보와 참견에 육아서에서 하라는 건 오죽 많은가.
엄마가 똑똑해야 아이가 성공한다는 식의 광고 문구 역시
나 때문에 아이가 성공하지 못할 수 있다는 두려움을 심어놓고
아이를 위해 종종거리며 살면서도, 늘 죄책감에 시달리게 한다.

그렇다면 엄마의 희생으로 자란 자식은 괜찮을까.
크면 집도 사주고, 차도 사주고,
대학병원에서 건강검진도 해드리고 싶었건만,
그 모든 게 쉽지가 않으니 불효자는 눈물이 나고,
지극히 자연스러운 독립과 자율성의 욕구에도 죄책감을 느낀다.

세상에는 마더 테레사급의 희생적인 엄마만 존재한다고 여기는 건
양쪽 모두에게 비극을 만드는데
사람이기에 그럴 수도 있는 일도,
'그래도 엄마는 그러면 안 되는 일'이 되어
엄마는 자신의 모성을 의심하고,
아이는 자신을 비운의 주인공처럼 느낀다.

결국 모성의 상향 평준화는
우리 모두를 죄책감과 상처에 취약한 존재로 만들었다.
원래 이상적인 걸 정상적인 거라 여기면
소수의 이상적인 사람을 제외하곤 다 힘든 법이다.

그럼 대체 어떻게 해야 할까?
우선 과도한 책임감에서 벗어나야 한다.
육아는 엄마 혼자만의 일이 아니다.
남편과 사회 시스템에 책임과 역할을 나누고,
가족, 커뮤니티, 사회적 제도 등에
적극적으로 도움받을 수 있어야 하며
때론 아이 스스로 할 수 있다는 걸 믿어야 한다.

'여자는 약해도 엄마는 강하다'는 말은
엄마에게 너무 많은 것을 요구했다.
하지만 엄마도 인간이다.
엄마도 실수할 수 있고, 상처가 있는 연약한 사람일 뿐이며,
때로는 삶의 구렁텅이에서 버둥거릴 수 있는
한 개인임을 인정해야 한다.
그래서 완벽하지 못 해도 그게 최선이었음을 알아주어야 한다.

불행한 엄마의 헌신은 자식에게 죄책감으로 남을 뿐,
자식의 행복을 바란다면 엄마도 행복의 예외가 돼서는 안 된다.
엄마로서의 행복은 물론이고, 아내로서의 행복, 친구로서의 행복,
한 개인으로서의 행복을 지켜야 한다.

우리는 누군가의 자식이고, 또 누군가의 부모이기에,
함께 행복해야 한다.

그러니, 용서하길 바란다.
누군가는 자신의 부모를,
누군가는 당신 자신을 말이다.

여행에서 만난
독일인 친구, 엘사와의 대화

내 딸이 스무 살이 됐을 때,
나한테 이렇게 말했어.
엄마가 행복해서 너무 좋다고.

엄마, 자식을 위해서 행복해주세요.

관계의 씨앗 뿌리기

종종 오랜 친구와의 관계 때문에 힘들다는 이야기를 듣는다.
오랜 시간 함께했고 가장 친한 친구였어도
가치관이나 삶의 방식에 점점 차이가 생기니
예전과 달리 거리감이 생기고 때론 서운한 마음도 든다고.
이건 꽤 흔한 고민인데,
내가 제시한 해결책은
일단 새로운 친구들을 만들어보라는 거였다.

영국의 시인 새뮤얼 존슨은 새로운 친구를 계속 사귀지 않는다면,
곧 홀로 남게 될 것이라는 이야기를 했다.
홀로 남는 정도는 아니겠지만,
인간관계는 우리의 의지대로 움직이지 않고
삶의 단계마다 자연스레 변화하기에
우정은 지속적인 보수가 필요하다.
물론 나이를 먹을수록 친구 사귀는 일이 쉽지는 않다.

가까워졌다고 믿었는데 쉽게 멀어지기도 하고,

좀처럼 거리가 좁아지지 않을 수도 있다.

그럴 때마다 우리는

친구를 새로 사귀는 건 역시나 어렵다며 실망하게 된다.

하지만 관계는 본래 쉽게 빚어지지 않는다.

어린 시절 친구들은

같은 공간에서 매일같이 시간을 보냈고,

그중에서도 극히 일부만이 시간을 누적시키며 관계를 지속했다.

오랜 시간 동안 시행착오를 거쳐 완성한 우정을

새로운 관계에서는 금세 발견하지 못해 실망한다면,

그건 불공평한 일이 아닌가.

우리는 그저 긴 안목을 갖고

관계에 씨앗을 뿌리는 일을 계속해나가면 된다.

그러면 신기하게도 시간이 답이 되어준다.

어떤 관계는 싹도 트지 않고 사라질 테고,
어떤 관계는 시간이라는 자양분이 더해져
깊은 유대감이라는 열매를 맺는다.

그러니, 편견 없이, 실망에 대한 두려움 없이, 서두름 없이,
관계의 씨앗을 심자.
우리를 지켜줄 관계의 울타리는 그렇게 만들어진다.

+

관계를 이어가는 가장 확실한 비결은
"언제 한번 보자"는 말을
"이번 주에 보자"로 바꾸면 된다.

누군가 당신의 연락을 기다리고 있어요.

나에게 다정해집시다

친구가 일하며 우울증으로 힘들어했던 적이 있다.
우울증 약을 복용하며 버텼지만
약의 부작용으로 잠시 일을 그만두게 됐다.
나는 자책하는 친구에게 괜찮다고, 어쩔 수 없었다고 위로를 했는데,
가만히 듣던 친구는 내게 이런 질문을 했다.
"그렇게 스스로를 위로하다가 도태되는 건 아닐까?"
사실 친구는 누가 보더라도 좋은 직업을 갖고 있었고,
이미 많은 것이 보장되어 있었기에,
그가 '도태'할까 봐 두려워하는 게 의아했다.
왜 그는 "괜찮다", "어쩔 수 없었다"는 흔한 위로조차 낯설어했을까.

이건 일종의 징크스인데,
빨간 속옷을 입으면 경기에 이긴다고 믿는 운동선수처럼,
불안과 자책을 동력으로 성취를 얻고 나면,
불안하고, 자책해야만 성취를 얻을 거라 믿게 된다.

스스로에게 너그러우면 안 된다는 신념을 움켜쥐고,
어딘가로 떨어져 버릴까 봐, 도태되어버릴까 봐.
계속해서 자신을 탓하고 질책한다.

행복하고자 성취를 갈망했던 이들은
성취하기 위해 행복을 포기하게 되는 것이다.
그런데 자신에게 너그러우면 정말 도태되는 걸까.
자책만이 우리를 성취하게 하는 걸까.

예전에 나도
'왜 이렇게 애매하고, 어설프고, 이룬 것 없는 어른이 되었을까' 하는
생각한 적이 있다.
내가 뭘 잘못했을까? 나는 왜 부족할까?
고민하고 자책하며 스스로 깎아내렸다.
그러다 문득, 나를 위해 항변하고 싶은 마음이 생겼다.

누구나 실수할 수 있고, 방황할 수 있고,
노력해도 결실을 맺지 못하는 경우도 있는 거라고.
적어도 나는 스스로를 한심하고 잘못된 존재로
여기지 않겠다고 결심했다.
나를 몰아세우는 대신 일을 했고, 책을 읽었으며, 글을 썼다.
내가 불투명한 날들에 무너지지 않고, 삶을 일굴 수 있었던 건
자책이 아닌 너그러움을 선택했기 때문이다.

물론 어떤 이들은 그래도 괜찮다고,
만성적인 불안에 시달리더라도
성취를 택하겠다고 말할 수도 있다.

하지만 인생은 장기전이다.
자책은 여러 동기 중 하나일 뿐,
성취를 위한 유일한 방법은 아니며,
오랫동안 마음에 품고도
나를 손상시키지 않도록 동기부여를 해야 한다.
나에게 너그러워도, 힘들 때 잠시 쉬어도
삶이 무너지지도 않는다는 걸 알아야 한다.
우리는 위로와 다정함을 통해

앞으로 나아갈 힘을 얻을 수 있고
딱 그만큼, 타인에게도 너그러울 수 있다.

그러니 이제,
스스로를 위로해도 된다. 이해해도 된다.
그런다고 한심해지지도, 도태되지도 않는다.
오랫동안 너무 애써온 당신에게
삶에서 스스로를 소외시켰던 당신에게
이제는, 다정해도 괜찮다.

하고 싶은 일을 하고 있거나,
할 수 있는 일을 하고 있거나.

둘 중 하나만 하고 있다면,
잘 살고 있는 것.

나의 빛나는 흑역사

구글 알고리즘이 〈법륜스님의 즉문즉설〉
영상으로 나를 이끈 적이 있다.
법륜스님에게 질문한 사람은 서른 살의 공무원 시험 준비생으로,
어린 시절 사업에 실패한 아버지는
그에게 의사가 되어야 한다고 말하며,
아들을 마지막 희망으로 여겼다고 한다.
하지만 노력만으로 의사가 될 수 없었고,
좌절한 아버지는 결국 알코올중독에 빠져 돌아가셨다고 한다.
그는 아버지에 대한 죄책감에 괴로워하며
열심히 살았는데 결과가 참담하다고 했다.

잠자코 듣던 스님은 그 역시 아버지처럼 살게 될 거라 말하며,
공무원 시험에 합격할 확률이 높으냐고 물었다.
그가 "실패할 거라 생각했으면 시작도 안 했을 거다"라고 답하자,

스님은 단호하게

"그런 게 바로 아버지처럼 가는 길"이라고 이야기했다.

살다 보면 실패할 수도 있는 건데,

그런 생각이 다른 삶을 선택하지 못하게 하고

아버지 역시 사업에 절대 실패하지 않겠다는 생각 때문에

그토록 절망하게 된 거라고 말이다.

나는 이 이야기에 작은 충격을 받았는데,

역시 관세음보살에서 나오는 바이브랄까.

분명 우리 사회는 포기하지 않는 것을 미덕이라 여기며

결코 포기하지 않겠다는 비장하고도 결연한 의지를 독려하곤 했다.

"이거 아니면 안 된다."

"여기서도 못 버티면 다른 데서는 더 못 버틴다."

"이게 전부는 아니지만 이것도 못 하면 다른 건 더 못 한다."

이 확신에 찬 말들은

포기하는 건 의지가 약한 거라고,

이력서에 생긴 공백은 감춰야 한다며,

방황과 실패를 부끄러움으로 만들곤 했다.

하지만 꼭 그래야만 할까?

〈SBS 스페셜〉에서 핀란드의 한 초등학교를 취재한 적이 있다.
아이들은 각설탕을 가지고 건물을 세우는 프로젝트를 진행 중이었고
각설탕으로 만들어진 건물은 무너지기를 반복했다.
교사는 이 프로젝트의 의미를 소개하며 아이들에게
실패하는 법과 다시 시작하는 법을 가르치고 있다고 했다.
이런 교육 분위기는 사회 전반에서 찾아볼 수 있는데,
실제 핀란드에는 서로의 실패담을 공유하고 기념하는
'실패의 날'이 존재한다.
다양한 연령의 사람들이 교육을 통해
새로운 도전을 할 수 있는 것 역시
실패에 대한 너그러움을 전제로 하기 때문이다.

물론 핀란드라고 원래 이랬던 건 아니었다.
철옹성 같았던 핀란드의 국민 기업 '노키아'가 무너지면서
경제 위기와 대규모 실업을 겪었지만,
노키아에서 나온 이들은 수많은 스타트업을 세웠고
새로운 창업 생태계를 조성할 수 있었다.
핀란드 사회는 위기의 상황에서
실패하지 않는 법이 아닌 실패를 다루는 법을 배운 것이다.

우리 역시 몇 번의 경제 위기와 대규모 실업을 겪었는데,
안타깝게도 반대의 방향을 택한 듯하다.
결코 실패하지 않겠다는 마음으로 치열함을 다짐하고,
안전한 것을 좇으며 적게 도전하고, 적게 실패한다.
그런데 대안 없이 절박함만 계속되면
오히려 쉽게 절망하게 된다.

《사피엔스》의 저자 유발 하라리는 〈북클럽 오리진〉과의 인터뷰에서
2040년이 되었을 때
세상이 어떤 모습일지는 아무도 모른다며,
우리가 지금 배우는 것은 대부분 쓸모가 없어질 거라고 예상했다.
삶은 다양해졌고, 우리는 미래를 예측할 수 없다.
그렇기에 중요한 건 실패하지 않는 방법이 아닌
개인의 회복력, 즉, 실패를 다루는 힘을 얻는 것이다.

애플에서 해고된 게
인생에서 최고의 일이라 말했던 스티브 잡스처럼,
회사 면접에서 떨어졌지만 덕분에 작가로 살고 있는 나처럼,
누군가와의 헤어짐으로 진짜 인연이 들어설 자리가 생기는 것처럼,
실패한 후에야 비로소 자신의 방식을 수정할 수 있는 것처럼,

실패는 새로운 시작을 내포하는 일이며,
포기는 한계를 확인하는 일이 아닌
삶의 가능성을 확장하는 일이다.

그러니, 실패의 순간에 절망하지 말자.
목표에서도, 직업에서도, 관계에서도, 삶에 어느 순간에도
누구나 실패를 할 수 있다.
우리는 실패를 배워야 한다.

방황을 인정해달라.
방황했던 날들만큼 삶에 치열했던 순간도 없었다.

그럼에도 살아가는 이유

인생이 정말 우울할 때가 있었다.

어릴 땐 문제가 생겨도 대부분 끝이 있었지만,

나이를 먹으니 되돌릴 수 없는 문제도 있다는 걸 알게 된다.

하루는 아무것도 하지 않고 방에 누워 있는 나에게

엄마는 자신도 젊은 시절, 우울한 마음에

아무것도 하지 않고 지낸 적이 있었다고 했다.

그런데 어느 날 거울을 보니 그런 자신이 더 못나 보였고,

이대론 안 되겠다 싶은 마음에

아침에 일찍 일어나고 세수도 팍팍 열심히 하며

부지런히 살았다고 했다.

나는 이 특별할 것 없는,

딱히 해피엔딩도 아니었던 이야기가

종종 머릿속에 떠오른다.

'아무것도 하지 않으면 더 못나진다'는

엄마의 말을 떠올리며
나 역시 더 못나지지는 않기 위하여,
다시 살아갈 힘을 냈다.

돌이켜보면,
삶이 너무 피곤했다.
러닝머신 위에 있는 것처럼
아무리 노력해도 지금 내 자리를 벗어날 수 없었다.
그저 바닥으로 떨어지지 않기 위해,
더 못나지지 않기 위해 걷곤 했다.
그래서 지금은 모든 게 완벽해졌는지 묻는다면,
애석하게도 그렇지는 않다.
다만, 그럼에도 할 수 있는 이야기는
그 순간마다 삶을 살아냈기에 오늘이 있을 수 있다는 사실이다.

삶에는 의미도, 목적도, 보상도 필요하다.
하지만, 아무런 답을 찾을 수 없는 날에는,
살아낸다는 것, 그 자체가 의미이며, 목적이자, 보상 아니었을까.
그러니, 때론 초라해 보일지라도,
때론 무력해 보일지라도,

더 못나지지 않기 위한 노력일지라도,
당신도 살아내기를 바란다.
살아낼 이유가 있을 것이다.

+

가고 가고 가는 중에 알게 되고,
행하고 행하고 행하는 중에 깨닫게 된다.
_봉우 권태훈,《단(丹)》

왜 태어났는지 잘 모르겠다면
일단, 태어난 김에 살아봅시다.

조금 더 따뜻하게
조금 더 차갑게

인터넷에서 어떤 책을 소개하는 글을 봤다.

게시 글 제목은 '친구가 약속에 늦으면 그냥 집에 가세요.'

이 제목을 보고, 나는 좀 걱정이 되었다.

제목대로 따라 하다간 남아날 친구가 있을까?

글을 읽어보니, "해야 한다"는 사고방식에 대한 문제점과

친구를 기다리지 않고 집에 가는 편이

관계에도 더 좋을 수 있다는 이야기가 핵심이었다.

하지만 '친구가 약속에 늦으면 그냥 집에 가세요'라는 문장에는

너무 많은 것이 생략됐는데,

얼마나 늦어야 집에 가는 건지 알려주는 정확한 지침도 없고,

얼마 만에 만나는 것인지, 어디서부터 오고 있는지,

상황 설명도 없었다.

친구가 두 시간 거리에서 오고 있는데,

10분 늦었다고 집에 가버리면 그건 신종 또라이가 아닌가.

거절을 너무나 어려워하거나, 관계에 지나치게 쩔쩔매는
사람들에게는 긴장과 책임감을 내려놓을 수 있는
유용한 글일 수도 있지만,
이미 쿨한 이들에겐 투머치 단호함이다.
한마디로 사람마다 다르다는 거다.

관계에 대한 바이블이 있기 어려운 이유가 바로 여기에 있는데
글마다 읽어야 할 대상에 대해 일일이 주석을 달 수는 없으니,
지금 내게 어떤 이야기가 필요한지는 각자 판단해야 한다.

물론 이건 그때그때 달라지는데,
누군가는 내게 이런 질문을 했다.
예전엔 인간관계로 스트레스를 많이 받아서
사람들과 조금 거리를 두고 혼자 잘 지내는 연습을 했다고.
그랬더니, 지금은 또 외롭다는 생각이 드는데
계속 혼자 잘 지내는 연습을 하는 게 맞느냐고.
아니면 사람들에게 다가서는 게 맞느냐고.
마음이 왜 이렇게 왔다 갔다 할까 고민이 될 수 있지만,
나는 매우 자연스럽다고 생각했다.

샤워기의 온도를 조절할 때
'조금 더 차갑게'와 '조금 더 따뜻하게'를 반복하다
내게 맞는 적당한 온도를 찾아내듯이,
관계의 적정선도 그렇게 맞추는 거다.
그렇기에 중요한 건 지금 관계의 온도를
내가 편안하게 느끼는지, 나의 마음을 아는 일이다.

외롭다면 한 걸음 다가서고
괴롭다면 한 걸음 물러서자.
누군가에게는 냉정이 필요하고,
누군가에게는 열정이 필요하다.

냉정과 열정 사이에서
당신은 당신에게 가장 편안한 관계의 온도를 찾아내면 된다.

너무 뜨겁지도,
너무 차갑지도 않은 온도를
우리는 따뜻함이라 부른다.

다 같은 중생 아니겠습니까

평소 사생활에 대해선 거의 언급하지 않던
한 연예인이 방송에서 결혼 당시의 이야기를 한 적이 있다.
이혼 후 10여 년간 연락이 끊겼던 아버지에게
아내를 소개하는 자리에서 친척들 사이에 험한 말이 오갔고
치부를 들킨 것 같아 눈물이 난 자신의 손을
아내가 꽉 잡아줬다는 이야기였다.
그의 이미지는 늘 사랑받고 성공한, 그늘 한 점 없는 사람이었기에
조금은 놀랐던 기억이 난다.

아무런 문제도, 상처도 없어 보였던 이들이
힘들었던 어린 시절, 지금의 힘든 마음,
상처의 순간을 꺼내놓을 때면
타인에 대해 우리가 얼마나 무지했는지를 깨닫게 된다.

한번은 강연을 하다가
"왜 나만 이렇게 힘든 일이 있는지 모르겠다"라는 말을 듣고,
강연에 온 다른 분들에게
"남들에게는 말 못 할 상처가 있느냐"라고 물었던 적이 있다.
그때 대부분 손을 들었던 기억이 난다.

우리는 때때로 왜 나만 이렇게 힘든 걸까,
왜 나만 이렇게 상처를 안은 채 살아야 할까 생각한다.
사실, 사람들은 불행의 무게가 무거울수록 불행을 숨기고,
상처가 클수록 상처를 감춘다.
그래서 다른 이의 아픔은 잘 보이지 않는다.
그래서 나 혼자만 상처가 있는 줄 안다.
하지만 알고 보면 누구나 말 못 할 이야기를 품고,
조금씩 마음의 병을 앓고 있으며,
상처로부터 자유로운 이는 아무도 없다.

내가 부족해서,
내가 못나서 상처 입은 게 아니라,
우리 모두 상처받은 채 살아가고 있는 것이다.

그러니 혼자만의 불행이 아니라는 위안과 안도를 넘어,
서로에 대한 연민을 갖자.

사실은 다들 나만큼 자신의 마음을 붙잡고 살아가고 있으며,
사실은 다들 위로가 필요하다는 것,
그 사실이 우리가 서로에게
조금 더 다정해야 할 이유가 될 것이다.

모든 사람에게 친절하라.
당신이 만나는 모든 사람들도
그들만의 힘든 전투를 하고 있다.

_플라톤

행복에도 노력이 필요해요

첫 책을 낼 때 나는 책을 내고 나면
무언가 더 특별해질 거라 생각했다.
조금 더 행복하고, 조금 더 특별한 삶이
'웰컴' 표시판을 들고 서 있을 줄 알았다.
하지만 딱히 달라진 게 없었으니,
책이 베스트셀러가 아니라 그런가 싶었다.
그런데 전작이 사랑을 받으면서 베스트셀러가 되었는데도
행복의 크기는 크게 다르지 않았다.
일에서의 성취감이
다른 부분에서 벌어지는 소란을 줄여주지는 않았다.

불행하지는 않지만 그렇다고 행복하지도 않은
감정의 공백 상태를 나는 늘 의아하게 느꼈다.
여기에도 행복이 없다니, 무슨 배부른 소리를 하는 걸까.

생각해보면 우리는 늘 외부에 목표를 세웠다.

성공하라고, 돈을 더 많이 벌라고, 좋은 직장에 가라고, 살을 빼라고.

그 오랜 독려는 목표를 이루면

저절로 행복해질 수 있을 거란 믿음을 만들었다.

그래서 목표를 이루지 못한 이들은

아직 그 목표를 이루지 못해서 불행하다고 여기고,

목표를 이룬 듯 보이는 이들은 행복할 거라 믿는다.

하지만 막상 목표를 이룬 이들도 그렇게 행복하지는 않았다.

많은 이가 여기에서 길을 잃는다.

행복은 영영 닿을 수 없는 신기루였던 걸까.

아니다. 우리는 처음부터 잘못 생각했다.

돈을 벌고 싶으면 돈을 벌기 위한 노력을 해야 했고,

살을 빼고 싶으면 살을 빼기 위한 노력을 해야 했듯이,

행복해지고 싶으면 행복해지기 위한 노력을 해야 했다.

우리는 정작 행복을 위한 노력은 제대로 하지 못했던 거다.

그러면 행복을 위한 노력은 무엇이었을까.

나는 답을 찾고 싶었다.

삶의 의미와 목표를 알고 싶었고, 행복하고 싶었다.

그리고 오랜 시간 끝에 찾은 나의 답은 놀랍게도,
사랑이었다.

행복은 성취가 주는 단기적인 만족감이 아니었고,
삶의 목적도 아니었다.
다만, 사랑의 결과였다.
나 자신 그리고 내 소중한 사람들과 타인을 사랑할 때,
행복이 있었다.
그런데 왜 우리는 진부하도록 익숙한 진리를 의심하며,
나 자신을 사랑하는 것조차 힘들어하는 걸까.

《자존감 수업》의 저자 윤홍균 박사는
사랑이 누명을 썼다고 말한다.
어린 시절 우리는 사랑이라는 미명하에
나를 위한다는 이유로, 미래를 위한다는 이유로
질책 받고, 통제 받으며 때론 수치심을 느껴야 했고,
상벌이 내려지는 조건부 사랑을 경험했다.
그래서 우리는 내가 사랑하는 이들, 그리고 나 자신에게도
질책하고, 통제하며, 조건을 붙이곤 그걸 사랑이라 믿는다.

우리는 사랑을 지독히 오해했으며,

제대로 사랑하는 법을 배우지 못했던 거다.

상대를 괴롭히고, 망가트리면서도 너무 사랑해서 그랬다는

스토커의 최후 변론이 진실이 될 수 없듯이

사랑의 크기보다 중요한 건 언제나 사랑의 방식이다.

행복하고 싶다면, 우리는 사랑하는 법을 배워야 한다.

나 자신과 내 곁을 조건 없이 대하고, 다정하고 소중하게 여겨주며,

성장할 수 있는 용기를 주고 몸과 마음의 건강을 돌봐야 한다.

감사하고, 현재에 머무르며, 세상에 다정해야 한다.

제대로 사랑할 수 있는 이들은 결코 불행할 수 없으니,

그대 부디, 사랑하며 살라.

사랑이 뭔지 알고 싶다면,
곁에 있는 누군가를 안아주길 바란다.
그 따스함이 사랑의 실체다.

에필로그

우리 사랑하며 살아요

관계에 관한 자료들을 찾아보다 부부 갈등을 다룬 방송을 봤다.
아내는 남편을 끊임없이 비난했는데
그로 인해 자존감이 바닥난 남편 역시 아내를 비난했고
탈출구가 보이지 않는 듯했다.
그러다 개인 상담을 진행했는데,
아내와 남편 각자 깊은 상처가 있다는 걸 발견했다.

나는 그 모습을 보니 서글픈 마음이 들었다.
서로 사랑하는 사람을 만났음에도,
이미 한 움큼의 상처가 있는 이들은
과거의 상처를 다른 모습으로 재현하며
서로에게 또다시 상처를 주고 있었다.

우리라고 다를 게 있을까?

우리는 인생에서 한 번쯤 특별한 사람을 만난다.
이미 만난 사람도 있고, 아직 만나지 못한 사람도 있을 것이다.
관계에 대한 여러 이야기를 했지만,
사실 가장 하고 싶은 이야기는 그들에 관한 거였다.
깊은 유대와 안식처가 될 수 있는 존재들.
우리는 사랑과 유대의 관계를 원하지만
상처 주는 것에 너무 익숙해서
그 관계를 쉽게 미움으로 바꾸곤 한다.
나는 당신이 그러지 않았으면 좋겠다.
평화를 견디는 법을 배우고, 사랑에 익숙해지기를 바라며
서로의 안식처가 될 수 있는 존재를 찾길 바란다.

사람은 아무리 척박하고 가혹한 환경일지라도
자신을 전적으로 지지하는 단 한 사람만 존재하면
건강한 삶을 살아갈 수 있다고 한다.

지금 그런 존재가 곁에 있다면
부디 그 관계를 소중하게 여기자.
만약 아직 만나지 못했다면,
이 책이 당신에게 그런 지지와 응원이 되었으면 한다.
사과받지 못했던 상처가 있다면, 대신 사과하고 싶었고,
슬픔이 있다면 함께 안아주고 싶었다.

균형을 찾는다는 건 중심을 잡는 일이다.
나는 사람의 중심은 사랑이라 답하고 싶다.
삶과 관계가 흔들릴 때가 온다면
한 번 더, 나와 내 곁에 있는 이들을 사랑해주길 바란다.
균형을 통해 당신이 편안함을 찾기를 바랐으며,
'나 자신'과 '관계'라는
삶의 가장 중요한 것을 잃지 않기를 바랐다.

당신이 행복하게 살면 좋겠다.
당신이 사랑하며 살면 좋겠다.

애쓰지 않고, 편안하게.

땡스 투

오랜 숙제를 마친 기분입니다.
가끔 원고가 전혀 써지지 않는 날들이 있었습니다.
'나같이 재능 없는 사람이 작가라고 할 수 있을까?'라는
의문이 들기도 했지만,
그럴 때면 참고 도서들을 정리하며 지냈습니다.
그러다 보면 찔끔찔끔 글이 써졌고,
채금하는 듯한 과정을 계속 반복하니 결국 책이 완성되었습니다.
아주 기쁘고, 쓰느라 고생한 저를 칭찬해주고 싶습니다.
그 시간을 견딘 덕분에
제가 사랑하는 직업을 잃지 않을 수 있었습니다.
존버는 승리합니다! 예!

이번 땡스 투에는 새로운 방식을 도입하기로 했습니다.
'땡스 투에 내 이름이 있지 않을까?' 싶어서
땡스 투를 열어봤다면

딩동댕. 맞습니다.
바로 당신에게 감사합니다.

사랑하는 가족들, 조카 윤아, 윤서.
애정하는 친구들과 인생의 선배님들,
우리의 자랑, BTS의 정국과 동명이인인
이 책의 뮤즈 정국이에게도 감사를 드립니다.

책을 준비하면서 출판사에서 많은 배려를 해주셨습니다.
이 책을 함께 완성해준 담당 편집자 소연 대리님,
신뢰할 수 있는 통찰력을 보여주시는 성훈 팀장님,
가열차게 디자인해주신 정민 차장님과
애써주시는 다산북스에 감사드립니다.

책을 준비하는 동안 응원을 참 많이 받았습니다.

직접 만나러도 와주시고, 메시지를 주시고, 남겨주신 리뷰는
꼼꼼하게 읽고 가끔 저장도 했습니다.
그 힘으로 완성할 수 있었고,
덕분에 조금 더 따뜻하고
다정한 사람이 되고 싶다는 생각을 했습니다.

당신의 행복을 바라며 썼습니다.
그 마음이 전해졌기를 바랍니다.
감사합니다.

사랑을 담아, 김수현 드림.

여러분도 행복하세요~~

참고한
자료들

도서

강미정,《말하기의 디테일》, 위즈덤하우스, 2019

고영건·김진영,《행복의 품격》, 한국경제신문, 2019

김누리,《우리의 불행은 당연하지 않습니다》, 해냄, 2020

김용태,《가짜감정》, 덴스토리, 2014

김형근,《내 마음인데 왜 내 마음대로 안 되는걸까?》, 한빛비즈, 2015

문요한,《관계를 읽는 시간》, 더퀘스트, 2018

윤홍균,《자존감 수업》, 심플라이프, 2016

이인수·이무석,《누구의 인정도 아닌》, 위즈덤하우스, 2017

정수복,《한국인의 문화적 문법》, 생각의나무, 2012

정혜신,《당신이 옳다》, 해냄, 2018

EBS 〈동과 서〉 제작팀·김명진,《EBS 다큐멘터리 동과 서》, 지식채널, 2012

EBS 〈마더쇼크〉 제작팀,《마더쇼크》, 중앙북스, 2012

가타다 다마미,《나는 너를 용서할 수 있을까》, 오시연 옮김, 이어달리기, 2018

가타다 다마미,《정신적 폭력으로부터 나를 지키는 방법》, 이소담 옮김, 라이프맵, 2016

데이비드 번즈,《관계 수업》, 차익종 옮김, 흐름출판, 2015

마르코 폰 뮌히하우젠,《결국, 감정이 문제야》, 김해생 옮김, 한국경제신문, 2012

마셜 B. 로젠버그,《비폭력대화》, 캐서린 한 옮김, 한국NVC센터, 2017

브레네 브라운, 《수치심 권하는 사회》, 서현정 옮김, 가나출판사, 2019

안도 슌스케, 《화내서 될 일이 아닙니다》, 김한나 옮김, 유노북스, 2018

애덤 그랜트, 《기브앤테이크》, 윤태준 옮김, 생각연구소, 2013

오카다 다카시, 《선생님, 저 우울증인가요?》, 김현정 옮김, 북라이프, 2018

오카다 다카시, 《애착수업》, 이정환 옮김, 푸른숲, 2017

오카다 다카시, 《예민함 내려놓기》, 홍성민 옮김, 어크로스, 2018

앤드류 스마트, 《뇌의 배신》, 윤태경 옮김, 미디어윌, 2014

팀 페리스, 《마흔이 되기 전에》, 박선령, 정지현 옮김, 토네이도, 2018

TV 프로그램

JTBC 〈멜로가 체질〉 15회(2019.9.28.)

JTBC 〈비정상회담〉 5회(2014.8.14.)

KBS 〈동백꽃 필 무렵〉 33회 (2019.11.13.)

KBS 〈술과 담배 스트레스에 관한 첨단 보고서: 제5편 만병의 근원-
스트레스〉(1999.2.7.)

SBS 〈영재 발굴단〉 77회(2016.10.19.)

SBS 〈SBS 스페셜 : 나의 빛나는 흑역사〉 468회(2017.4.16.)

신문 기사

심소희, "유튜브 난동부리는 취객 '포옹'으로 진정시킨 청년… 네티즌
'감동'", 〈연합뉴스〉, 2019. 2. 20., https://www.yna.co.kr/view/
AKR20190220047300704?input=1195m(2020.4.27. 접속)

전병근, "[미니북] 인류… 일을 잃고 삶의 의미 찾을 겁니다", 〈북클럽
오리진〉, 2016.05.05., https://1boon.kakao.com/bookclub/
minibook20160505(2020.5.7. 접속)

서보미   비슷한 주제를 다룬 다른 책들이 다큐라면 이 책은 시트콤이다.
         친구와 고민을 나누듯 유쾌, 상쾌, 통쾌하게 읽을 수 있는 책!

주은초   나를 위로하고, 돌아보고, 스스로 좀 더 괜찮은 사람이고 싶을 때,
         두 번이고 세 번이고 꺼내보고 싶은 책. 이만큼 공감에 강한 작가가 또 있을까?

이성민   관계에 힘들어하는 많은 이들에게 권해주고 싶다.
         누구든 이 책을 읽으면 내가 그렇게 느낀 것처럼 좀 더 편하게 살 수 있지 않을까?

정선희   관계에 있어서도 결국 가장 중요한 건 나였다.
         무던히도 애쓰던 내 마음과 맞닿은 찡한 글들에 계속 밑줄을 그으며 읽었다.

이경혜   "맞아", "그렇더라"라고 연신 고개를 끄덕이게 되는 공감 에세이.
         작가와 함께 편하게 대화를 나눈 기분이다.

장서원   남들과 끊임없이 비교하며, 상대적 박탈감을 느껴본 사람이라면
         이 책으로 건강한 위안을 얻기를.

노희동   따뜻한 위로에 그치지 않고 훌륭한 조언도 함께 있는 책!
         주변에 지금 힘들거나 위로가 필요한 사람이 있다면 이 책을 선물해주고 싶다.

정송영   나의 인간관계와 주변 환경을 새삼 되돌아보게 하는 책.
         '내가 살아가기까지의 여정'을 한번 훑어본 것 같았다.

박은희 위트 있고 공감이 가는 적절한 예시 덕분에
    작가가 하고자 하는 말이 가슴에 더 절절히 와닿았다.

김령한 다양한 인용, 솔직한 경험담 등이 버무려져 깊이 있고 전문적인 내용인데도
    편안하고 친근하게 읽힌다. 가볍게 읽히지만은 않아 더 좋은 책!

이정민 머리로 알고는 있지만 막상 실천하지는 못한 것들을 용기 있게 도전해볼 마음이
    생겼다. 모두 이 책을 읽고 존재 자체로 빛이 나는 날이 오길!

김지연 애쓰지 않고, 타인과 어울려 함께 사는 법을 알려주는 책.
    특히 관계가 어려울 때 읽으면 복잡했던 마음이 차분히 정리된다.

박현숙 그냥 나답게 살아도 괜찮다는 용기를 주는 책.
    "부족해도 괜찮아, 미움받아도 괜찮아. 나는 나일 뿐!"

김하나 내 마음을 가만히 들여다보게 하는 책.
    행복도 노력이 필요하다는 걸 깨닫게 됐다.

 귀한 시간을 내어 사전 독자단에 참여해주신 모든 분들께 진심으로 감사드립니다.

애쓰지 않고 편안하게

초판 1쇄 발행 2020년 5월 14일
초판 54쇄 발행 2025년 1월 15일

글·그림 김수현
펴낸이 김선식

부사장 김은영
콘텐츠사업본부장 박현미
책임편집 임소연 **디자인** 황정민 **책임마케터** 오서영
콘텐츠사업4팀장 임소연 **콘텐츠사업4팀** 황정민, 박윤아, 옥다애, 백지윤
마케팅1팀 박태준, 권오권, 오서영, 문서희
미디어홍보본부장 정명찬 **브랜드홍보팀** 오수미, 서가을, 김은지, 이소영, 박장미, 박주현
채널홍보팀 김민정, 정세림, 고나연, 변승주, 홍수경 **영상홍보팀** 이수인, 염아라, 석찬미, 김혜원, 이지연
편집관리팀 조세현, 김호주, 백설희 **저작권팀** 성민경, 이슬, 윤제희
재무관리팀 하미선, 임혜정, 이슬기, 김주영, 오지수
인사총무팀 강미숙, 이정환, 김혜진, 황종원
제작관리팀 이소현, 김소영, 김진경, 최완규, 이지우
물류관리팀 김형기, 김선민, 주정훈, 양문현, 채원석, 박재연, 이준희, 이민운

펴낸곳 다산북스 **출판등록** 2005년 12월 23일 제313-2005-00277호
주소 경기도 파주시 회동길 490 다산북스 파주사옥 3층
전화 02-704-1724 **팩스** 02-703-2219 **이메일** dasanbooks@dasanbooks.com
홈페이지 www.dasanbooks.com **블로그** blog.naver.com/dasan_books
종이 아이피피 **인쇄소** 상지사 **후가공** 평창피앤지 **제본** 상지사

ISBN 979-11-306-2963-6(03810)

다산북스(DASANBOOKS)는 책에 관한 독자 여러분의 아이디어와 원고를 기쁜 마음으로 기다리고 있습니다.
출간을 원하는 분은 다산북스 홈페이지 '원고 투고' 항목에 출간 기획서와 원고 샘플 등을 보내주세요.
머뭇거리지 말고 문을 두드리세요.